Erzähl

Dir

Zeit

Band 1

Geschichten

Gewidmet
Denen, die ich liebe
Und geliebt habe.

Für die kritische Durchsicht des Manuskripts und viele wertvolle Anregungen danke ich meinem Mann Jörg und meiner Tochter Kathrin. Sie hat mich auch bei der Gestaltung des Covers unterstützt.
Den Mitgliedern des „Wetterauer Autorenclub" und von „Wetteratur" danke ich für konstruktive Kritik und Bestätigung über die Jahre.

MIX
Papier aus verantwortungsvollen Quellen
Paper from responsible sources
FSC® C105338

„Mach keine Geschichten",
sagte der Gatte zur Gattin,
als sie ihm ihren Neuen vorstellte.

Luise Link

Erzähl Dir Zeit

Band 1
Geschichten

Bibliografische Information der Deutschen Nationalbibliothek:
Die Deutsche Nationalbibliothek verzeichnet diese Publikation in der Deutschen Nationalbibliografie; detaillierte bibliografische Daten sind im Internet über http://dnb.dnb.de abrufbar.

TWENTYSIX – Der Self-Publishing-Verlag
Eine Kooperation zwischen der Verlagsgruppe Random House und BoD – Books on Demand

© *2016 Luise Link*

Herstellung und Verlag:
BoD – Books on Demand, Norderstedt

ISBN: 978-3-740-7090-06

Inhaltsverzeichnis

Der erste Tag
9
Der Backes
11
Tian
13
Närrische Tage
18
Vom Bücherlesen
20
Von der Liebe
22
Der letzte Zug der Graugänse
24
Im Krug
27
Von der Giraffe und dem Frosch
35
Spiel mir das Lied
38
Der Tod von Bumblebee
42
Nimm meine Hand
45
Von der Felsenvogelmutter
48

Glückstagebuch
50
Pferd und Esel
52
Die Liese
54
Von dem Schatten. Von den Hasen.
Und von der furchtbar furchtbaren Angst
56
Ortsbegehung
60
Wat dat Volkherr jesacht hätt
61
Experiment
„Schlechter Text"
Werwiewas?
63
Von Schimpansen und Löwen
67
Bei Otternbusch und Partner
70
Der Duft
73
Frau P bei Herrn P
129
Persönlichkeiten
133
Beste Freundinnen
138
Gerechtigkeit
143

Ich bin so frei
145
Urlaub?
150
Im Licht betrachtet
153
Die dumme Kuh und die freche Ziege
155
Heini
157
Besuch bei der alten Dame
164
Le Soleil
168
Ein Garten für niemand
173
Dekaden
175

Vorschau: Erzähl Dir Zeit,
Band 2

Der erste Tag

Das Nichts folgt dem Alles, das Alles dem Nichts.

Als der letzte Tag schon lange vorüber war, erhob sich der erste.

Der erste Tag blähte seine Backen auf und sog den Zufall in seinen Mund hinein. Der Zufall übernahm die Herrschaft über den Prozess.

Und was entstand, war Zufall. Wesen und Dinge wurden geboren, Licht und Luft, Wasser und Erde, Totes und Lebendiges.

Als schon viele Tage dem ersten gefolgt waren, entstanden die Fragen, nach Anfang und Ende, nach Sinn, nach Gerechtigkeit, nach Gott.

Die Wesen lasen aus den Exkrementen von Vögeln, sie beobachteten den Vogelflug, Mond und Sterne, sie untersuchten die Eingeweide von Tieren und betrachteten das Blut ihrer Opfer. Sie befragten die Zahlen, sie ersannen die Weisheit und glaubten an die Wissenschaft. Sie warteten auf das Ende, sie trösteten sich mit Sinn und Gerechtigkeit, sie glaubten an Gott und starben für alles. Und für nichts.

Auf einer Brücke sitzt ein Kind.
Es ist weise
wie es Kinder sind.
Es singt ein Lied
das so beginnt:
Das Leben ist ein Würfelspiel.
Wir würfeln alle Tage.
Dem einen bringt das Schicksal viel
dem andern ...

Der Zufall, der noch immer in den Backen der Tage sitzt, lacht und nickt dem Kind zu.

Der Backes

Wir saßen alle still.

Backes stand am Fenster, blickte hinaus auf den Schulhof, hatte uns den Rücken zugekehrt. Ich blickte seitwärts auf sein Profil, die lange Nase, das mit Pomade zurückgehaltene dunkle Haar, den mittlerweile gewölbten Bauch, seine kleine Silhouette, immer kerzengerade aufgerichtet, durchtrainiert auch noch im Alter. Denn neben Latein unterrichtete Backes auch Sport.

„Mens sana in corpore sana", hatte er den Schrat, den gefürchteten Hausmeister, der morgens immer die Abschreiber dem Direktor meldete, in großen schwarzen Lettern an die Eingangstür der Turnhalle pinseln lassen.

„Vielleicht sieht er Caesar ähnlich, der soll auch so klein gewesen sein", dachte ich.

Die Spannung und Konzentration dieses Moments, bevor sein eigentlicher Unterricht begann – ich liebte sie. Gleich würde er die Kreide nehmen und zwei, drei Worte in Latein an die Tafel schreiben.

Worte einer alten Kultur. Noch immer hält ihre Faszination mich gefangen.

Wir, das ist eine Klasse von sechzehn Vierzehn-, Fünfzehnjährigen in einem ländlichen Gymnasium in Wittgenstein. Wir haben es geschafft, die Unterstufe zu überstehen. Sechzig Kinder haben in dem alten Krankenhausbau mit den gebohnerten Treppen und Fluren angefangen, zwei Klassen zuerst. In den Pausen ging ich immer zu der großen Toilette im ersten Stock, um mir den Bauch zu halten, mich krümmen zu können. Die Bauchschmerzen hielten ein Jahr an, dann waren sie plötzlich verschwunden.

Die Mädchen sind in der Minderzahl, dreizehn Jungen, drei Mädchen, ich eines davon. Für uns bedeutet die Schule Aufstieg, nicht Last. Wir, die Landkinder, kommen aus den kleinen Dörfern rund um das Kreisstädtchen, wir sind in einklassigen Schulen unterrichtet worden, wir wollen lernen, wir wollen nach vorn. In unseren Häusern regiert die Tat, nicht das Wort. Meine Mutter hat nie viel geredet, sie hat immer viel getan. Und sie dachte, ich könnte ihre Taten ohne Worte deuten. Doch als ich es konnte, war sie schon lange tot.

Backes wendet seinen Blick zur Tafel, schreitet federnd mit zwei, drei Schritten zum Pult, schließt die Tür auf und entnimmt wie jeden Morgen zwei Kreidestücke. Eines legte er rechts vorn auf das Pult, mit dem anderen Kreidestück in der rechten Hand beginnt er zu schreiben.
Und dann stehen zwei Worte an der Tafel:

„Carpe diem."

Tian

Himmel und Erde
Blau und braun
Malen dir Schönheit
Der Welt.

Frau Song hatte wieder auf Tian gewartet. Sie war mit dem Lift die dreißig Stockwerke hinunter in den Hausflur des Hochhauses gefahren, hatte unentwegt auf die Zeitanzeige ihres neuen Telefons geschaut. Sie lief hin und her, öffnete die schwere Haustür, schloss sie. Bis sie Tian endlich kommen sah. „Komm schnell an die frische Luft", sagte sie und zog den Jungen in den Hausflur.

An der Haustür hatte sich Tian verstohlen umgedreht. Nein, die anderen Kinder hatten die Mutter nicht gesehen. Er schämte sich ein bisschen für ihre Behütung.

„Komm, Tian, komm ganz schnell hinauf, die Luft in der Wohnung ist schön kühl und frisch!"

Tian wusste, dass das nicht stimmte. Die Luft war nur gekühlt, aber keineswegs frisch. Er schwieg.

Im Ohrensessel droben im Flur schlief Jiu, der Großvater. Das Spitzendeckchen, das das Polster abdecken sollte, war heruntergefallen.

Tian wurde von einem Hustenanfall geschüttelt, dann noch einem.

Großvater wachte auf und lächelte Tian an. Mit seinem kahlen Kopf und dem schütteren weißen Bart sah er den Abbildungen kaiserlicher Beamter aus Tians Geschichtsbuch ähnlich. Er hatte sich geweigert, den Bart abzunehmen, als die Mutter es verlangt hatte, weil man im modernen China rasiert sei. „Ich bin gerne alt und altmodisch", hatte der Großvater entgegnet und zu jedem weiteren Vorstoß nur geschwiegen.

Die Mutter zog Tian unter das Gebläse der Klimaanlage und verschwand in der Küche.

Großvater stand auf und zog einen Hocker zu Tians Stuhl. Kurz legte er seine faltige Hand auf Tians Knie, dann saßen beide still nebeneinander.

„Erzählst du mir noch einmal, wie der Himmel früher ausgesehen hat?", fragte Tian.

Vor langen Jahren war der Großvater Lehrer gewesen. Er wusste viel über die Welt.

„ Als die Kraniche noch über", hob der Großvater an, da stürzte die Mutter aus der Küche und unterbrach ihn.

„Warum machst du Tian traurig, warum erzählst du ihm Dinge, die so nie mehr sein können?", herrschte sie Jiu an.

Das, so wusste Tian, erlaubte sie sich, weil Großvater nur ihr Schwiegervater war. So respektlos wäre sie ihrem leiblichen Vater niemals gegenübergetreten.

Nach dem Tod von Tians Vater hatte sie Jiu bei sich behalten. Deshalb lächelte der Großvater nur, wenn sie laut wurde, er wusste, wie dankbar er sein musste, dass sie ihn von dem wenigen Geld, das sie besaß, mit durchfütterte.

Tians Vater hatte auch eine schwache Lunge gehabt, immerzu gehustet, aber gestorben war er vor drei Jahren durch einen Arbeitsunfall auf seiner Baustelle. Das war ganz kurz nach den Demonstrationen gegen den Smog gewesen, die der Vater mit organisiert hatte. Ja, und am nächsten Tag brachten sie ihn, er war tot. Ein Lastwagen hatte ihn überfahren. Der Fahrer musste den Vater übersehen haben.

Geschrien und geweint hatte die Mutter, den Kopf an die Wand geschlagen, bis der Großvater sie ermahnt hatte, dass sie ein Kind habe. Da hatte sie sich gefasst, war nach der Beisetzung sofort wieder zur Arbeit gegangen und sie hatten nicht mehr über den Vater gesprochen. Aber nachts, da hatte Tian die Mutter oft weinen und mit dem Vater sprechen gehört.

Tian versuchte den nächsten Hustenanfall zu unterdrücken, aber es gelang ihm nicht. Die Mutter brachte heißen Tee. Er würde nicht helfen, nicht gegen den Husten und nicht gegen die Kopfschmerzen, unter denen auch viele andere Kinder aus Tians Schule litten.

Als die Mutter in der Küche verschwunden war, nickte Tian Großvater zu. Er sollte erzählen. Flüsternd begann der Großvater erneut.

„ Als die Kraniche noch
 über den Himmel schwebten,
als die weißen Wolken
ihnen folgten

um in das Blau
mit Schwingen und Gebirgen
zu malen
war dort
Schönheit und Klang."

„Kannst du es summen?", bat Tian.
Noch schöner waren die gleichen Worte jetzt, begleitet von der monotonen Melodie des alten Mannes.

Am Tisch im Flur nahmen sie schweigend das Essen ein.
Bis die Mutter das Wort ergriff.
„Tian", sagte sie, „ wirst du mich heute Abend in die Stadt begleiten?"
Mutter hatte vor einer Woche ein Auto bekommen, ein Arbeitskollege hatte es ihr günstig verkauft. Sie war stolz, es zu besitzen und selbst steuern zu können.

Sie würden sicher zwei Stunden zum Stadtzentrum benötigen, vielleicht mehr, je nachdem, ob die Staus wie immer oder wegen der freitäglichen Wasserfestspiele noch ärger sein würden. Die Luft im Auto würde gekühlt sein, aber noch staubiger als hier bei ihnen im Vorort. Mutter würde am Kaufhaus Ginwo anhalten, den großen Bildschirm betrachten, wo Kraniche über den blauen Himmel schwebten. Für Stunden durch die staubigen Nebelschwaden unter dem sonnenlosen abgeriegelten Himmel zu fahren, konnte sich Tian nicht vorstellen. Er senkte den Blick und schwieg.

„Du bist schuld", schrie die Mutter den Großvater an. Du erzählst ihm von den Dingen der Vergangenheit, und da will er das Gute der Gegenwart nicht sehen. Nur ganz kurz wären wir ausgestiegen, hätten einen Blick auf die roten Bäume, die farbigen Wasserfontänen und die gelb-erleuchtete Pagode geworfen. Und ich hätte die schöne Musik aus dem Lautsprecher für einen glücklichen Moment genießen können. Aber du, du erzählst ihm von der Stille und der Natur und … ".

Tians erneuter Hustenanfall ließ sie verstummen. Sie stand schnell auf und verschwand mit den Schüsseln in der Küche.

Eine ganze Weile schwiegen Tian und der Großvater. Bald würden sie über den Mond und sein schimmerndes Licht, über die gläsernen Falter unter dem sternenübersäten Himmel sprechen.

In den 20er Jahren wurde Tian Song eine der wichtigsten Figuren im Kampf gegen die Umweltzerstörung in China. Bei den Smog-Aufständen des Jahres 2022 nahm man ihn als einen der Rädelsführer gefangen, nach fünf Monaten wurde er jedoch aus der Haft entlassen. Als Gründer der ersten Umweltpartei Chinas trug er wesentlich zu einer veränderten Umweltgesetzgebung bei.

Tian Song selbst hat die Sonne und den Mond nicht mehr sehen können. Wie viele seiner Generation starb er früh, an den Folgen seiner Atemwegserkrankungen, im Alter von 31 Jahren.

Im Jahr 2029.

Närrische Tage

Sie hatte Mühe, bis zu dem Haus voranzukommen. Menschen in Masken, bunt Kostümierte, säumten den Weg. Man hielt sie fest, an der Schulter, nahm ihre Hände, zog sie weg zum Mittanzen. Mitfeiern soll sie. Sie brauchte für das kleine Stück von der Bushaltestelle bis zum Haus fast eine halbe Stunde.

Sie hört die heranmarschierenden Musikkapellen, als sie den Hauseingang erreicht hat. „Helau, helau", das Gejohle steigert sich. Sie drückt den Klingelknopf. Noch einmal. Schritte jetzt. Man öffnet ihr. Man kennt sie. Sie steigt die Treppe hinauf, geht entlang der stummen Türen in dem dunklen Gang. Sie klopft an seine Tür. Noch einmal. Nichts regt sich in seinem Zimmer. Sie geht hinein.

Man hat ihn auf einen Stuhl gesetzt. So, dass er, wenn er wollte, zum Fenster hinausschauen könnte. Sie holt sich den Hocker vor seinem Waschbecken und setzt sich zu ihm, so dass er sie ansehen könnte. Er lächelt.

„Guten Tag, gnädige Frau!"

„Erkennst du mich?"

Er antwortet nicht, sein Gesicht hat das Lächeln verloren, ist wieder zur Maske erstarrt. Er hebt die Hand, dreht und dreht mit dem linken Daumen und Zeigefinger den zu groß gewordenen Ehering. Sie gibt jeden weiteren Versuch auf, bleibt nur still vor ihm sitzen. Und manchmal schaut sie ihn an.

Vor dem Fenster sieht sie den Faschingszug. Die Musikkapellen, von denen hier drinnen kein Laut zu hören ist. Er hat das närrische Treiben geliebt. Marschieren, tanzen, singen, feiern. Er hätte sie an der Hand fassen, sie mitnehmen, sie festhalten sollen.

Sie nimmt ein Taschentuch und wischt ihm den Speichel aus seinem Mundwinkel. „Nein", sagt er und schlägt nach ihrer Hand. Sie muss lachen, kann gar nicht mehr aufhören. Sie schiebt den Hocker vor sein Waschbecken, er blickt sie an.

„Geh!"

Die Straße vor seinem Fenster ist jetzt leer. Es wird leichter sein, draußen voranzukommen.

Vom Bücherlesen

Wir besuchen heute meine alte Tante Agnes.

Früher war sie eine große Nummer. Staatsanwältin. Jetzt ist sie vierundachtzig und lebt im Pflegeheim. Tante Agnes hatte für Ehe und Kinder keine Zeit. Deshalb ruft sie heute niemand mehr an, sie hat nur ganz selten Besuch. Und deshalb besuchen mein Mann und ich sie.

Rechts neben der Tür zu ihrem Zimmer das Namensschild. Jedes Zimmer im Pflegeheim hat so eins. Links von Tante Agnes wohnt Heinrich. Das sei ihr Freund, hat sie uns erzählt. Er war früher Heizungsinstallateur in der Kleinstadt, in der Tante Agnes gewohnt hat.

Wir haben Tante Agnes am Morgen schon zweimal angerufen. Dass sie das Essen abbestellen soll, weil wir sie in ein Restaurant einladen wollen. Dass sie ihren Schlafanzug ausziehen soll, damit er nicht unter den Hosenbeinen ihres Hosenanzuges hervorlugt.

Wir klopfen an. Tante Agnes liegt im Bett, hat aber ihren Hosenanzug schon angezogen. Der Schlafanzug ist hellblau. Wir sagen nichts.

Auf Tante Agnes Nachttisch liegen viele Bücher Und eine Lupe. An der Wand, gegenüber dem Bett, ein großer Fernsehschirm.

Ist ihr das Lesen mit der Lupe nicht zu anstrengend? Sie könnte doch stattdessen Fernsehen schauen.

„Nein", antwortet Tante Agnes. Sie hat sich als Staatsanwältin auch nicht nur aufs Hörensagen verlassen. „Ich hab' immer alles selbst studiert, so gut es ging. Ein eigenes Urteil bilden, das war für mich das wichtigste. Um die neue Zeit zu verstehen, da muss man die alten Bücher lesen."

Das Plädoyer hat sie erschöpft. Wir müssen Tante Agnes fast zum Rollator ziehen.
Aber sie schaut zufrieden.

Von der Liebe

Es gibt sie, die Liebe auf den ersten Blick. Mich überflutete dieses glückselig-schmerzliche Gefühl, als ich sie sah.

Sie war atemberaubend schön. Alles an ihr. Ihre etwas schräg geschnittenen Augen. Ihr feiner Mund. Die Eleganz ihres Körpers. Wie sie ihre schlanken Glieder bewegte, ihr Blick. Immer etwas Reserve, nie sich ganz hingebend.

Von Anfang an war sie überlegen. Ich war ihr mit Haut und Haaren verfallen, während sie Liebe und Zärtlichkeit nur zuließ. Nie erwiderte. Vielleicht macht das genau ihre Stärke aus. Nie hat man sie. Man muss immer weiter um sie kämpfen.

Sie hat libanesische Vorfahren. Daher die schrägen Augen und diese orientalische Vorsicht.

Sie lässt meine Zärtlichkeit zu. Ich streichle sie. Ich bezahle teuer für meine Liebe.

Sie ist ein völlig nutzloses Geschöpf. Sie arbeitet nichts, überhaupt nichts. Sie schläft, wann es ihr passt. Auch über Tag. Wenn sie Lust dazu hat, besetzt sie mein Bett, als habe sie grundsätzlich einen Anspruch auf den besten Platz, der ihr gerade in den Sinn kommt.

Die schönsten, ausgefallensten Leckerbissen stehen ihr zu. Nichts anderes gebührt ihr. Um sich herum verbreitet sie die Aura einer Königin.

Könnte ich doch nur ein bisschen von ihr lernen! Sie gibt nichts, sie entwindet sich dir täglich neu – und doch wird sie geliebt, bewundert, verehrt.

Mich dagegen hat man immer ganz und gar und auch noch für ewig. Kämpfen braucht man um mich nicht, ich bin immer loyal. Ich gehöre zu jemand und an einen Platz wie ein Möbelstück, schwer verrückbar und relativ unverwüstlich. Auf mich kann man setzen, mich kann man einplanen, ohne dass ich neue Anstrengung und Kosten verursache. Ich bin automatisch da, die Konstante, der unbewusste Hintergrund. Nun ja, meine Augen sind auch nicht schräg geschnitten und meine Glieder eher kräftig.

Ich beobachte sie, während wir schmusen. Sie fängt an, sich selbst den Körper abzulecken. So gelenkig ist sie, dass ihr das keine Mühe macht. Ich liebkose sie hinter den Ohren, streichle ihre Wangen. Dabei komme ich an ihren Schnurrbart.

Das gefällt ihr nicht! Sie hört auf zu schnurren, erhebt sich, einen krummen Rücken macht sie und springt davon.

Ich sollte Martin suchen gehen.

Ich könnte mal wieder mit ihm kuscheln. Wenn ich ihm wie früher seine Füße streichle, springt er bestimmt nicht davon.

Der letzte Zug der Graugänse

Wenn der Sommer sich dem Ende zuneigt und die ersten Nächte kalt gewesen sind, beginnen die Graugänse zu warten. Aufmerksam lauschen sie auf die Töne des Tages und der Nacht, denn keine will den Zug nach Süden mit ihren Brüdern und Schwestern verpassen, keine will den Lockruf überhören. Die Angst vor den drei Federn verdrängen die Graugänse. Es trifft ja jedes Jahr nur wenige von ihnen, und warum sollen sie selbst gerade eine von jenen sein.

Im Osten des Landes lebten zwei Graugansschwestern.

Die eine der Schwestern war schon lange allein, und so hatte sie die meiste Zeit ihres Lebens einsam, nur in ihrer eigenen Gesellschaft, verbracht. Hatte sie jemand gefragt, ob sie so etwas wie Glück empfinde, so hatte sie anfangs geantwortet, Glück sei die Abwesenheit von Unglück und somit sei sie durchaus glücklich. In späteren Jahren, als die Krankheiten gekommen waren und die Einsamkeit stärker schmerzte, hatte sie geantwortet, Glück sei die Abwesenheit von großem Unglück, und somit sei sie durchaus glücklich zu nennen. Und sie hatte gegessen und getrunken und weiter gelebt.

Als die Führgans eines Morgens kam und ihr die drei Federn zu Füßen legte, verneigte sie sich, sagte Lebewohl mit den Augen, schloss die Türen und flog hinaus.

Als die Führgans zur anderen Schwester kam, hörte sie schon von weitem vielstimmig lautes Geschnatter. Inmitten des fröhlichen Trubels sanken die Federn vor der zweiten Schwester zu Boden. Sie starrte ungläubig, schüttelte den Kopf. Sie, die noch nie Abschied genommen hatte, fürchtete sich vor dem Abschiednehmen. Sie, die noch nie verlassen worden war, wusste nicht, wie sie verlassen sollte. Aber die Federn waren gefallen und am Abend flog sie allein ins Dunkel hinaus.

Auf der Wiese des Abschieds trafen sich die Schwestern.

Es war kurz vor Mitternacht, ein kühler Wind war aufgekommen und am Himmel waren Mond und Sterne aufgezogen.

Die erste Graugans flüsterte die Worte, die sie ein ganzes Leben getröstet und begleitet hatten:

Harre nur aus in Geduld
dein Schmerz wird dir noch nützen.
Wer auf dem Meere war,
fürchtet sich nicht vor Pfützen.

Sie breitete ihre Flügel aus, richtete sich auf und der kalte Wind trug sie ganz schnell zur Grenze hinauf, einer Feder gleich.

Die zweite Graugans hatte den Kopf gesenkt. Aber sie sah doch ihre Schwester hinaufsteigen bis zu den Sternen. Sie presste die Flügel an sich, krallte sich in den Boden, dass der Wind sie nicht wegreißen könne. So verharrte sie noch viele Nächte, frierend, angstgequält. Und konnte die Erde nicht loslassen mit ihren Füßen, bis ein starker Herbststurm den halb erfrorenen Körper doch noch hinauftrug.

Im Krug

Er hatte, seit er die Autobahn verlassen hatte, nur zwei entdeckt. Eine „Dorfschänke" in Eschbach, einen „Alten Krug" in Mühlental. Früher hatte es in jedem kleinen Ort mindestens ein Gasthaus gegeben.

München, Frankfurt, Marburg, die kleinen hessischen Dörfer an der Lahn und jetzt die dunklen Fichtenwälder des Rothaargebirges. Stationen dieser Reise, seines Lebens, der Vergangenheit.

Wenn Mamas Beerdigung nicht gewesen wäre, wenn Mama noch leben würde, dann hätte er Tante Doris weiter vergessen. Mama hatte verfügt, dass nach ihrer Einäscherung die Personen auf der Liste von ihrem Tod zu unterrichten seien. An erster Stelle war Tante Doris' Namen vermerkt, Mamas ältere Schwester. Den Kontakt zu ihrer Familie hatte Mama schon viele Jahre nicht mehr gepflegt.

„Freunde kann man sich aussuchen, Verwandte nicht."

Immer war das nicht ihre Haltung gewesen. In seiner Kindheit hatte er die Ferien oft bei Tante Doris verbracht, wenn Mama mal wieder auf Geschäftsreise gehen musste.

„Tante Doris muss sowieso zu Hause bleiben, die störst du nicht."

Der Kontrast zwischen den beiden Schwestern war ihm schon damals aufgefallen. Onkel Fritz hatte ihm eines Tages die richtigen Worte verliehen.

„Deine Mama ist elegant und eloquent, deine Tante kann kochen."

Während sie am Tisch in der Gaststube saßen und auf das Mittagessen warteten, hatte Onkel Fritz das gesagt. Es dauerte lange, bis Tante Doris das Essen auftrug. Ein bisschen merkwürdig hatte sie ausgesehen und die ganze Zeit geschwiegen.

„Ich danke dir für deine Nachricht. Komm doch mal vorbei, ich würde mich freuen."

Er hatte Tante Doris' Zeilen mehrere Wochen unbeantwortet gelassen. Sie hatte keine Telefonnummer angegeben, unter der man sie erreichen konnte, im Netz waren kein Spuren von ihr zu finden. Vor einigen Tagen hatte er ihr dann einen Brief geschrieben und sein Kommen für heute angekündigt.

Sein Gewissen belastete ihn. Wie alle anderen der Familie auch, hatte er Tante Doris nach ihrer Scheidung von Onkel Fritz fallen gelassen. In seinem Falle war das Wort „vergessen" vielleicht zutreffender. Niemand hatte Tante Doris' Entscheidung verstanden, Tante Doris selbst blieb jede Erklärung schuldig. Sie schwieg einfach.

„Sie konnte doch froh sein, dass sie überhaupt noch einen abbekommen hat. Und dann noch so einen stattlichen und schlauen, das hatte ihr niemand zugetraut."

Mama vor allem, aber auch jeder andere in der Familie liebte Onkel Fritz. Er und Mama hatten sich immer blendend verstanden.

„Wenn ich ihn nicht hätte, ich wüsste nicht, was ich anfangen sollte."

Mama, die unabhängige Geschäftsfrau, alleinstehend, alleinverantwortlich. Mit einem Kind, dessen Vater sie nicht preisgab. Wie oft hatte er sie angefleht, ihm endlich die Wahrheit zu sagen.

„Halte dich an Onkel Fritz, du brauchst keinen Vater."

Wie sich Tante Doris wohl verändert hatte? Vor zwanzig Jahren war sie stattlich gewesen.

„Vollschlank, nicht voll schlank."

Vor Mamas Hohn und Spott war niemand sicher.

Es begann schon zu dunkeln, als er vor der Gaststätte, die vor so vielen Jahren und für so viele Sommer sein Zuhause gewesen war, anhielt.

Der geteerte schmale Platz vor dem Haus war an zahlreichen Stellen von Unkraut überwuchert. Er parkte den Wagen und ging zu der schweren hölzernen, mit kleinen Scheiben verglasten Tür, die über lange Jahrzehnte die Gäste empfangen und verabschiedet hatte. Sie stammte noch aus den Zeiten, in denen der Großvater die Schänke betrieben hatte. Ein paar der Scheiben waren gerissen. Der Klingelknopf, der sich links neben der Tür an der Wand befunden hatte, war mit einer Pappe überklebt:

„Klingel defekt. Bitte Nebeneingang benutzen."

Das große Fenster rechts neben der Eingangstür hatte man mit Sperrholz zugenagelt. Von den grünen Butzenscheiben war nichts mehr zu sehen. Jugendliche wahrscheinlich hatten die Verkleidung angesprüht, die Worte waren jedoch schon wieder verblasst und nicht mehr lesbar.

Wo sich früher über der Tür die Leuchtbuchstaben „ Zum Dorfkrug" befunden hatten, war nur „krug" übrig geblieben.

Die Zeichen des Verfalls ließen ihn einen Moment zögern. Dann beeilte er sich, zum Nebeneingang an der linken Seite des Hauses zu gelangen. Eine Klingel gab es hier nicht. Als er noch Kind gewesen war, hatte er immer so laut wie möglich an die Tür gehämmert. Das tat er auch jetzt, ein bisschen leiser als in Kindertagen.

„Komm' nur herein, die Tür ist offen. Und lass' ein bisschen frische Luft ins Haus."

Er drückte auf die Klinke.

Im Flur war es dunkel, muffig, modrig.

Das verwinkelte Haus mit den Treppen, die in geheimnisvolle, nur selten benutzte Zimmer führten. Die Falltür, unter der sich ein steingepflasterter Keller ohne Ausgangstür befand. Der Speicher, in dem es wisperte und raschelte, in dem bestimmt Mäuse oder Ratten über die Dielen eilten. Das alles hatte er geliebt.

Er ging die Stufen hinauf, ein, zwei Meter vor ihm saß Tante Doris im Halbdunkel auf einem Stuhl.

„Weißt du noch, wo der Schalter war? Knips' mal das Licht an, er ist immer noch an der gleichen Stelle."

Tante Doris war viel kleiner, als er sie in Erinnerung hatte.
Er rechnete nach, wie alt sie jetzt sein musste. Fünf Jahre älter als Mama, sie war einundachtzig.
Er beugte sich zu ihr hinunter, beeilte sich
„Gut siehst du aus, Tante Doris", zu sagen und küsste sie auf die Wange.
Sie nickte, lächelte, sah ihn an und schwieg.
Stille aushalten, ihm war das schon früher schwer gefallen.
„Geht es dir gut, Tante?"
Wieder Lächeln, Nicken.
„Warst du bei ihr, als sie gestorben ist? Hast du am Ende mit ihr geredet, Junge?"
Sicher erwartete sie, dass Mama von ihr gesprochen, dass sie sich an ihre Schwester erinnert hatte. Sollte er lügen?
„Mama hätte sicher gerne noch einmal mit allen gesprochen, aber es ging dann alles so schnell. Ich konnte auch nicht rechtzeitig aus den Staaten anreisen."
Tante Doris nickte.
„Schließt du jetzt bitte die Tür? Ist immer ein bisschen modrig hier drin, weil die Fenster zugenagelt sind. Aber man merkt's eigentlich gar nicht, wenn man nur hier drinnen haust. Auf dem Küchentisch liegt ein Butterbrot für dich. Und trink das Glas Milch.

Kochen kann ich leider nicht mehr. Ist alles so beschwerlich geworden, nach meinem Sturz."

Sie griff nach dem schwarzen Gehstock, der an ihrem Stuhl lehnte, humpelte zu der kleinen Küche und ließ sich auf einen Küchenstuhl fallen. Dort, wo früher die große Sitzbank gestanden hatte, befand sich jetzt ein metallenes Gästebett.

„Weißt du, mit den Treppen, das fällt mir zu schwer, da hab ich's mir hier in der Küche gemütlich gemacht. Du kannst nachher hoch zu den Zimmern gehen, ist alles noch so wie früher."

Ob er sie auf Onkel Fritz ansprechen konnte?

„Weißt du, wo er begraben ist, Tante Doris?"

„Ich hab' dir die Adresse vom Friedhof aufgeschrieben. Das Grab liegt ganz hinten auf der linken Seite, in der letzten Reihe. Meine Nachbarin gegenüber hat gesagt, man kann es gar nicht verfehlen. Auf dem Stein steht sein Name. Sie geht jeden Sonntag hin."

Sie gähnte, verstohlen, hinter der Hand.

„Ist schon spät, Tante Doris, ich geh' nach oben."

Sie stand auf und hinkte die wenigen Schritte zu ihrem Metallbett.

„Warum lässt du dich nicht operieren? Vielleicht kannst du dann wieder laufen."

Sie lachte, schüttelte den Kopf.

„Nein, nein, das lohnt sich nicht, in meinem Alter. Die Krankenkasse würde es auch gar nicht mehr bezahlen."

„Soll ich dir etwas zum Lesen holen?"

„Ich lese nicht mehr. Ich löse nur noch Rätsel, Kreuzworträtsel, hab' immer Hefte da. Gute Nacht."

Er ging die wenigen Stufen hinunter in die Gaststube.

Die Stühle waren hoch gestellt.

Die nächsten Treppen wieder hinauf, zu den Zimmern.

Der Geruch verstärkte sich, die einzig übrig gebliebene Glühlampe in einer Fassung verströmte spärliches Licht. Auf dem fleckigen Teppichoden im oberen Flur lag abgebröckelter Putz.

Wenn er nur nicht hergekommen wäre! Er hatte begonnen zu schwitzen, er roch seinen eigenen Schweiß, der sich mit dem abgestandenen Dunst der vielen Jahre verband.

Gegen Morgen war er eingeschlafen.

Im oberen Flur fiel Tageslicht durch ein nicht vernageltes Fenster. Er stieg die Treppen hinunter, eilte durch die dunkle Gaststube, die Stufen wieder hinauf. Hinter der Tür in der Küche saß Tante Doris schon am Tisch.

Eine große Warmhaltekanne, duftende frische Brötchen, Marmelade, Butter.

„Sie hat uns alles vorbei gebracht. Setz dich hin und iss."

„Welcher gute Geist sorgt denn so für dich?"

„Sie will es gut machen, deshalb. Wahrscheinlich. Und weil es nützt, lasse ich sie. Ich verzeihe ihnen niemals."

Tante Doris nickte, schaute ihn kurz an.

„Nimm dir Zeit, ich hab' ja meine Rätsel."

Er aß zwei Brötchen, er wollte sie nicht enttäuschen. Das Essen lenkte vom Schweigen, von der drückenden Stille ab.

„Geh mal an den Küchenschrank, Junge. Hinter der linken Tür, auf den großen Tellern, da liegt etwas, das will ich dir zeigen und geben."

Auf einem großen Foto zuunterst lagen Uhren und Schmuck.

„Ich habe die wertvollsten Sachen herausgelegt. Nimm sie mit, sicher ist sicher. Alles andere erbst du ja auch, das war ihm besonders wichtig, wahrscheinlich am allerwichtigsten."

Ihr versteinertes Gesicht erlaubte keine Fragen.

Er schob den Schmuck beiseite, ein einziges Foto. Das musste Onkel Fritz sein, in jungen Jahren. Sein eigenes Ebenbild.

„Ich freu' mich so, dass ich dieses verfluchte Haus bald endgültig verlassen kann."

Tante Doris lachte, schaute ihn an.

„Bevor du gehst, mir fehlt noch ein Wort für mein Rätsel, vielleicht weißt du's."

Sie langte mit der Hand nach dem Rätselheft und las.

„Haus mit Irrgängen, auch undurchdringbares Wirrsal. Neun Buchstaben."

Von der Giraffe und dem Frosch

Die Giraffe wirkte verändert.

War sie sonst immer sonst immer mit erhobenem Kopf und hochgereckter Nase an dem kleinen Frosch vorbeigegangen und hatte ihn somit nicht einmal wahrgenommen, hielt sie den Kopf heute gesenkt. Sie murmelte Unverständliches, dann hob sie mit großer Mühe die rechte Hufe nach oben, im nächsten Moment legte sie sich auf den Boden mit angewinkelten Beinen und schaute dabei zu den weißen Wolken, die vereinzelt über den blauen Himmel dahineilten.

Trotz der kurzen Lebenszeit, die den Fröschen auf dieser Erde bleibt, hatte der kleine Geselle schon so manches Merkwürdige gesehen. Aber dieses Schauspiel war ungewöhnlich und verlangte nach Aufklärung.

So blickte der Frosch treuherzig nach oben, gab ein paar Quaklaute von sich und winkte mit seinen kleinen Händen.

„Nicht mal ignorieren. Den werde ich nicht mal ignorieren", schoss es der Giraffe zunächst durch den Kopf. Aber, desolat, wie ihre Verfassung war, entschied sie bald, dass es besser sei, mit einem Geringen zu sprechen als überhaupt nicht reden zu können.

„Warum murmelst du, verrenkst deine Glieder, schaust nach oben und wirfst dich auf die Erde?", fragte der Frosch.

Die Giraffe beugte sich zu ihm herunter. „Nun, ich fürchte, du weißt über die Dinge, die die Welt im Innersten zusammenhalten, wenig Bescheid."

Sie seufzte.

„Ich bete. Zum Gott der Giraffen, den du vermutlich nicht kennst. Euch Fröschen da unten fehlt der Bezug zum Höheren. In der letzten Zeit sind meine Probleme immer größer geworden. Mein Mann ist krank, vielleicht betrügt er mich auch, meine Kinder haben mich verlassen und die Madenhacker leisten keine saubere Arbeit mehr. Den ganzen Tag möchte ich an meinem Körper kratzen, was ich aber, wenn du einmal kurz auf meine Hufen schauen willst, nicht tun kann. Kurz und gut: Mir geht es schlecht und der Gott der Giraffen wird mir hoffentlich helfen."

„Meinst du tatsächlich, dass er deinen Juckreiz so wichtig nehmen wird, dass er an dir ein Wunder tut? Übrigens – ich habe wohl schon hundert Giraffendamen mit Juckreiz, untreuen Ehemännern und verschwundenen Kindern kennen gelernt. Und wenn du willst, dass dein Mann dich nicht betrügt, solltest du wohl eher einmal den bestialischen Gestank, den du verbreitest, im Wasserloch verringern."

Damit machte sich der Frosch von dannen, denn die fromme Giraffendame hatte ihn daran erinnert, dass er selbst sich heute noch nicht nach Süden verneigt, einen Grashalm geknickt und zwei Mal sein Bein in die Luft gehalten hatte, wie es sich nun einmal für einen Froschmann geziemte.

Nach einem Jahr trafen sich beide wieder.
Dass sie sich wahrnahmen, lag wohl daran, dass die Giraffendame ihren Kopf noch tiefer als beim letzten Mal trug.
„Hallo", sagte der Frosch und blies sich etwas auf, „kennen wir uns nicht vom vorigen Jahr?
Sie hatten doch jemanden oben", dabei reckte er den Kopf, „für Ihren Juckreiz und so weiter?"
„Ach, stellen Sie sich vor, Herr Frosch!
Mein Mann lief davon, meine Kinder tauchten nicht wieder auf, mein Juckreiz quält mich Tag und Nacht .Ich versuchte es, mit oben, Sie wissen schon, dann mit den sieben Zahlen, die eine Freundin empfahl, aber nichts hat geholfen."
„Versuchen Sie es einmal mit Grashalmknicken und der Verneigung nach ..."
Weiter kam der Frosch leider nicht, denn das Nashorn hatte beschlossen, seinen Fuß genau dorthin zu setzen, wo der Frosch soeben noch verweilt hatte. Die Sonne schien weiter, der Juckreiz hörte nicht auf und der Frosch war nun tot.

Die Giraffe trampelte von dannen.

Spiel mir das Lied

„Hast du das gehört? Das war doch der Anfang von dem Titelsong in diesem Western mit Charles Bronson, erinnerst du dich, den Film haben wir uns doch mindestens drei Mal angesehen. Wie hieß der noch? War's nicht ‚Spiel mir das Lied vom Tod', in der deutschen Übersetzung? Ich fand den Originaltitel „Once upon a time in the west" viel poetischer. Na ja, die sind oft schlecht, die Übersetzungen. Der Soundtrack, mit dieser nur einmal angeschlagenen Glocke am Ende, das war toll.

Ist komisch, dass die das bei den Radiosendern immer noch nicht hinkriegen. Wenn du nur den Verkehrsfunk eingeschaltet hast, setzen sie zu früh ein und du erschrickst dich von der lauten Musik, die dir urplötzlich in die Ohren dröhnt oder sie blenden zu spät aus und du musst irgendeinen Quatsch anhören, der dich nicht einen Deut interessiert, oder umgekehrt. Seit hundert Jahren ist das so. Die schaffen es einfach nicht."

Die Scheibenwischer haben Mühe, mit dem herunter bladdernden Regen fertig zu werden. Die Straße glänzt, im Scheinwerferlicht wird sie zum endlosen Spiegel. Links und rechts der Straße ab und zu die schwarzen Körper von Straßenbäumen. Ihres Laubs entkleidet zeichnen sich Kugeln und Pyramiden gegen den halbdunklen Himmel ab.

„DR 2.

In NRW sind auf den Autobahnen momentan keine Störungen zu verzeichnen. Die Mühlheimer Brücke in Köln ist ab 22.00 Uhr bis morgen früh 11 Uhr gesperrt. Bitte benutzen Sie die angegebenen Umleitungen! Gute Fahrt!"

„Hast du das gehört?

Was sagst du, dass unser Kind jetzt in Köln ist? So schließt sich der Kreis. Weißt du noch, wie wir da vor vierzig Jahren gewohnt haben? Der Grönemeyer hat damals gesungen 'Tief im Westen, wo die Sonne verstaubt, ist es besser, viel besser, als man glaubt'. Das Lied ging aber über Bochum, soviel ich weiß. Das war 'ne schöne Zeit damals, wir beide so jung und das Leben vor uns und noch ganz lang, haben wir geglaubt.

Guck mal, jetzt kommen wir am Rasthof Siegerland-West vorbei. Da ist uns mal der Keilriemen gerissen und wir mussten rausfahren. Mensch, war das eine Aufregung! Da waren wir wirklich noch gar nichts gewöhnt.

Aber unserem Kind gefällt's, glaube ich, gut, die Wohnung ist schön, wenn sie auch etwas klein ist. Aber sie lebt ja erstmal allein dort. Oh Gott, wenn ich an unser großes Haus denke und wie leer es jetzt dort sein wird. Ich vermisse das so, dass ich nicht mit dir sprechen kann."

Die kleine Autokiste summt dahin, sucht mit ihren Scheinwerferaugen den Weg. Links und rechts andere, die dem Himmel den dunklen Schlaf rauben. Der Rhythmus des Regens auf den Scheiben ist ruhiger geworden.

Sido. Rap.

„Aus'm Weg. Jemand …Wir un …."

„Hast du das gehört?

Das ist einfach nur Krach, das kann man doch nicht Musik nennen. Weißt du noch, wie mein Vater immer gesagt hat: „Dann dreh' ihm doch einfach den Hals um!". Da musste man beim Radio noch am Knopf drehen. Ich mach den Verkehrsfunk jetzt aus. Man wird ja depressiv von diesem monotonen Mist!

Als ich Lilly nach dem Abendessen vor ihrer Wohnung abgesetzt habe, hat sie sich gar nicht mehr umgedreht. Ich hab' noch mal in den Rückspiegel geguckt, ob sie vielleicht winkt, aber sie hat's nicht getan. Ich muss ja froh sein, dass sie nicht klammert. Sie wird schon ihren Weg machen, meinst du nicht auch?

„K, das ist Köln. Da haben wir drei Jahre gewohnt.

SI, da wohnten meine Verwandten. Tante Luise ist zweiundneunzig geworden. Hat aber zum Schluss noch ziemlich leiden müssen.

KS, Kassel, da wollte meine Schwester ein Haus kaufen, bevor sie sich hat scheiden lassen.

GI, da hat Lilly studiert."

Der Regen bladdert nicht mehr. Endlich ist die Sicht wieder besser. Auf der Fahrbahn kommen zwei

Scheinwerfer entgegen, näher, sie werden größer und immer heller.

„Wir unterbrechen unsere Sendung erneut für eine aktuelle Verkehrsmeldung. Auf der Höhe von Haiger hat sich ein Unfall mit zwei Toten ereignet. Es handelt sich um den bereits gemeldeten Geisterfahrer und die Lenkerin eines entgegenkommenden Fahrzeugs. Weitere Unfallbeteiligte gibt es nicht. Zurzeit wird die Unfallstelle gesichert. Es wird zu erheblichen Wartezeiten kommen."

Der Tod von Bumblebee

Bumblebee hatte drei Sommer Nektar gesammelt, Kinder groß gezogen und Blumen fleißig bestäubt, als ein Gewittersturm ihr bisheriges Leben vernichtete.

Nachdem die Blitze vorüber waren, riss die erste Windbö ihren Gatten von dem Busch, auf dem er Schutz gesucht hatte. Der heftige Aufprall brach ihm das Rückgrat, so dass er nach kurzem und heftigem Todeskampf verschied. Der daraufhin einsetzende Regen schleuderte zwei der drei kleinen Hummelkinder in eine Pfütze, in der sie, als die Pfütze zum reißenden Sturzbach anschwoll, ertranken. Bumblebee, vom Tod ihres Gatten und der Kinder aufs tiefste erschüttert, war einen Moment unachtsam. Die Bachstelze, die sich im Tiefflug näherte, erkannte ihre Chance und fraß schnell das dritte der Hummelkinder auf.

Als der Himmel aufklarte, die Luft wieder rein war und erste Sonnenstrahlen auf die zerzausten Büsche und Bäume fielen, begann Bumblebee zu weinen. Sie warf sich auf den nassen Boden. Aber kein gnädiger Sturzbach wollte sie mehr dorthin tragen, wo sie am liebsten gewesen wäre. Drei Stunden verharrte sie so, auf dem Boden bäuchlings liegend, die Augen aufgerissen und wartete. Aber es passierte nichts. Kein Auto überfuhr sie, keine Bachstelze war mehr unterwegs, um eine Mahlzeit zu erhaschen und auch kein Blitz beendete, was nicht zu ertragen war. So stand Bumblebee auf.

Wasser rann über ihren dicken Leib, das braune Haarkleid und in die dunklen Augen. Trotz ihrer Trauer verspürte sie Hunger und erhob sich in die Luft, um auf der nicht weit entfernten Wiese Nahrung zu suchen.

Viele kleine und große Hummelfamilien hatten sich nach dem Regen auf den Blüten niedergelassen und saugten begehrlich am frischen Nektar. Wie schmerzte die Idylle! Der weiche Flaum von Bumblebees Haarkleids stellte sich borstig auf.

Drei Mal bewegte sie ihre Flügel auf und ab, dann erhob sie sich in die Luft. Ganz dicht näherte sie sich den Hummelkindern. Viele fielen vor Schreck ins Gras, wo sie von ihren Müttern wieder aufgesammelt werden mussten. Diesen Zeitvertreib setzte Bumblebee so lange fort, bis sie keine Kraft mehr hatte und viele der kleinen und großen Hummelfamilien die Wiese verlassen hatten. Für kurze Zeit wich Bumblebees Trauer einem Gefühl der Genugtuung und Freude.

Am übernächsten Tag riss sie einer Biene den Stachel aus. Nun konnte sie ihr Spiel noch besser fortsetzen. Immer, wenn die Hummelkinder ins Gras gefallen waren, versetzte Bumblebee ihnen einen Stich mit dem geborgten Stachel. Das Wehklagen der

Hummelkinder und ihrer Mütter vertrieb für kurze Zeit ihre eigene Schwermut.

Ein Mann, der mit seinen Kindern auf der Wiese spazieren ging, hatte die Hummel schon einige Zeit beobachtet. Nun schüttelte er seinen Kopf, zog seinen Schuh aus und im nächsten Moment erschlug er die Hummel mit einem Schlag.
„Die war krank", sagte er zu seinen Kindern.

Nimm meine Hand.
Geh mit mir
In das Land
Hinter
den Hügeln.

Sie hat seine Hand genommen.
 Sie liebt die dunklen erhabenen Adern auf dem Handrücken. Sie hat seine Hände immer geliebt. Von Anfang an. Große Hände mit langen, kräftigen Fingern. Als sie sich damals zum ersten Mal mit ihm nach der Schule getroffen hat, da hat er ihre Hand genommen und während des ganzen Spaziergangs nicht mehr losgelassen. Ihre Hand in seiner Hand, nichts anderes hat sie gespürt. Damals. Und jetzt.

„Denk' an die Pharaonen. Wenn die starben, nahmen sie ihre Frauen mit. Eingemauert hat man sie, damit sie nicht weglaufen konnten."

Er lacht, leise, es ist kaum zu hören, aber umso mehr zu sehen. Vor lauter unbändigem Spaß sind seine Augen ganz klein geworden. Sie hat immer an den Augen gesehen, wenn er sich gefreut hat.

Sie haben oft darüber gesprochen. Auf der steinernen Bank, die er so gerne im Garten, am höchsten Punkt haben wollte, und die sie sich dann gekauft haben. Dort haben sie manchmal gesessen, in die Ebene gesehen, von der Aussicht geschwärmt und sich vorgestellt, wie es sein könnte.

„Ich weiß nicht genau, aus welchem Mythos es stammt. Philemon und Baukis, die sitzen auf einer Bank, sind alt. Ein ganzes Leben waren sie zusammen. Hinter der Bank wächst ein Baum mit langen, schweren Ästen. Und eines Tages umschlingt der Baum die beiden und sie verwachsen zu einer Einheit, die niemand und nichts auf dieser Welt mehr trennen kann." Über die Andeutung einer Träne in ihrem Augenwinkel hat er gelacht. „Du bist so ein Rührstück", hat er gesagt und ihre Hand genommen.

Als sie den Rosenbogen hinter der Bank angelegt hatten, sah er aus wie eine Tür, von schwebender Leichtigkeit auf dem höchsten Punkt des Gartens. Sie haben sich einen Spaß gemacht hindurchzugehen und dann von der anderen Seite hinunterzuschauen.

„Das Türl. Was denkst du, was hinter dem Türl ist?"

„Nichts. Und ich kann mir gut vorstellen, wie enttäuscht manche Leute sein werden, wenn sie angeklopft haben, eintreten und verdattert feststellen, dass da gar, gar nichts ist!"

Seine Späße. Es gab immer etwas zu lachen.
„Weißt du, was ich sage, wenn der Sensenmann kommt? Ich werde ihm zuzwinkern, mit dem Daumen auf dich deuten und ihm „Bitte nach Madame!" zurufen. Vielleicht überlegt er sich's dann noch mal."
Danach hat er so lachen müssen, dass er beim Husten ganz blau geworden ist.

Sie betrachtet sein Gesicht. Es ist blau. Die Augen sind weit aufgerissen. Hat er nach ihr gerufen? War er verzweifelt, dass sie nicht gekommen ist?

„Verzeih mir", sagt sie und presst ihre Lippen auf seine kalte Hand.

Von der Felsenvogelmutter

Eine Mutter hatte einst ein Kind.
Und die Mutter war ein Vogel.
Und das Kind war ein Felsen.

Am Anfang merkte die Mutter nicht, dass ihr Kind anders war als sie selbst.

Sie sang schöne Lieder, und wenn der Wind über den Felsen strich, so dachte sie, ihr Kind hätte auch gesungen.

Sie brachte Körner und Käfer, und wenn sie wiederkam, so hatte der Wind sie wohl verweht.

Sie sprach mit dem Felsen, aber es antwortete nur der Wind.

So gingen die Jahre dahin.

Und der Felsen lag immer noch genau an dem Ort, an dem die Vogelmutter ihn einst als Kind bekommen hatte.

Die Vogelmutter flog wie wild um den Felsen herum, sie wetzte ihren Schnabel an dem harten Stein, aber der Felsen blieb kalt und unbeweglich und starr.

Heute ist ein Junge dort spazieren gegangen.
Und der Felsen liegt noch immer da, aber einen Vogel hat der Junge nicht gesehen.

Glückstagebuch

Ein bisschen kalt ist es, trotz der Strickjacke. Die Lammfellpantoffeln helfen auch nichts. Aus dem Küchenschrank wird sie gleich das Heftchen holen, wie fast immer, jeden Abend, bevor sie zu Bett geht.

„Glückstagebuch" steht auf dem Umschlag. Die erste Seite ist beschrieben. An mehr hat sie sich nicht erinnern können. Sie hätte früher anfangen sollen.

Die Eintragungen hat sie mit ihrer zittrigen Hand verfasst, ohne Datum, gerade so, wie sie ihr in den Sinn gekommen sind. Von der Wärmflasche, die er ihr ans Bett gebracht hat, weil es so kalt war. Wie die Oma immer die vielen Sachen geflickt hat, wenn sie zu Besuch kam. Wie sie den Gänserich in die Flucht geschlagen hat, als der die Kinder am Weiher zwicken wollte. Vom ersten Kuss steht da auch etwas, und den Blumen, die früher in ihrem Garten geblüht haben. Die Unordnung ist eigentlich ganz schön. Sie kann überlegen, wann es war, kann das Durcheinander reihen, ihre Gedanken schärfen. Das Vergangene taucht auf. An Gerüche erinnert sie sich, an Musik, an Worte. Und immer an die Liebe.

Als sie einige Tage später gefunden wird, liegt das Heftchen neben ihr auf dem Nachttisch.

Vielleicht wird die Nachbarin einen Rosenstock auf ihr Grab pflanzen.

Pferd und Esel

Gestern gab es einmal ein Pferd.
Das Pferd schaute sich um und entdeckte auf einer Wiese von weitem ein anderes Pferd.

Und da es rundherum kein anderes Pferd mehr gab und dem Pferd an jenem Tag einmal nach Gesellschaft zumute war, so lief es zur Wiese des anderen, um sich mit ihm bekannt zu machen.

Nun näher gekommen, erkannte das Pferd in dem anderen einen großen Esel.

Trotzdem befreundeten sich die beiden.

Der Esel wusste gar nicht, dass er selbst ein Esel und sein Freund ein Pferd war. Der Sommer war lang, das Wetter war schön, und so zogen beide zusammen.

Nun, Esel, weil sie dumm sind, arbeiten oft als Packesel.

Und Pferde haben große Köpfe und dünken sich deshalb besser als andere Tiere.

Sie ziehen geschmückt schöne Kutschen, sie jagen elegant in Rennen dahin und tanzen manchmal sogar.

Der Esel ist zufrieden, wenn er wenig Schläge und ein bisschen zu essen bekommt.

Immer sagt er ia-ja–ia.

Das Pferd will jeden Tag gebürstet werden und durch die Wiesen jagen.

Und immer schüttelt es den Kopf.

Die Jahre schreiten voran. Der Vorschlaghammer saust mal dem Esel, dann wieder dem Pferd auf den Kopf. Der Esel senkt den Kopf, ruft ia. Das Pferd schüttelt den Kopf, gibt dem Esel die Schuld und galoppiert davon.

An dem Morgen, als das Pferd gegangen war, wachte der Esel auf.

In der Nacht hatte es geregnet und überall hatten sich große Pfützen gebildet.

Und gerade über einer solchen Pfütze stand der Esel jetzt.

Verdutzt schaute er in den Spiegel zu seinen Füßen und sah den grauen, dummen Esel, der ihn anblickte.

Die Liese

Oh, wie schön ist doch die Welt!
Liese wackelt durch das Feld.
Schnattert hier, pickt da und dort.
Nein, von hier will ich nicht fort!

Ach, wie fett ist doch die Liese!
Denkt der Bauer, dieser fiese.
Steck' sie in den Bräter bald
Sonst wird sie noch zäh und alt.

Oh, da steht der gute Mann!
Liese kommt, so schnell sie kann.
Hebt den Kopf und ihren Schwanz.
Lauf doch weg, du dumme Gans!

Ach, viel schlauer ist der Bauer!
Liegt schon lange auf der Lauer.
Bei dem Nacken packt er sie
Hält es fest, das Federvieh.

Nein, wie ist er so gemein!
Liese strampelt mit dem Bein.
Schnattert, schreit und macht sich laut
Bevor er ihr den Kopf abhaut.

Ja, er hat sie umgebracht!
Brät im Ofen sie bei Nacht.
Verspeist die Schenkel, Hals und Brust
Das hat Liese nicht gewusst.

Von dem Schatten. Von den Hasen. Und von der furchtbar furchtbaren Angst.

Zeiten schon hatten die Hasen in einer recht angenehmen Ecke des Universums gelebt. Das Klima war gemäßigt, über das Wetter ließ sich nicht meckern, wenn auch seit einigen Dekaden ein Schatten über dem Lande lag. Der Schatten der Vergangenheit.

Einst, so hatte man den Hasen erzählt, hatte es unter ihren Vorfahren sehr, sehr böse gegeben. Die hatten sehr, sehr Schlimmes getan. Jede Stunde, jede Minute fiel der Schatten dieser Vergangenheit auf die Hasen. Und weil sie sich so schämten und sich so sehr bemühten, gut zu sein und zu lernen, wie man das macht, wurden die Hasen eines Tages von den anderen Tieren freigesprochen und zu lieben Hasen ernannt. Wie waren die Hasen so stolz!

Doch – ein lieber Hase zu werden ist schon schwer, ein lieber Hase zu bleiben - viel mehr!
Es dauerte nicht lange, da wurde das liebe Hasengetue, weil es denn doch zu übertreiben war, von den anderen Tieren mit Spott bedacht. Erst lachten sie hinter vorgehaltenen Pfoten, dann war lautes Lachen nicht mehr verboten.

Dass sie die Lachnummer des Universums geworden waren, betrübte die lieben Hasen sehr. Was hatten sie nicht alles für ihr liebes Hasentum geopfert? Aus Enttäuschung versteckten sie sich. In ihren Kuhlen.

Regen regnet, Hagel hagelt, Schnee schneit. Jetzt blitzen Blitze, donnert Donner.
Die Hasen ducken sich. Läufe vor die Augen! Gras in die Löffel! Lippen zusammen!
Nichts sehen, nichts hören, nichts sagen.

Als die anderen Tiere von diesem merkwürdigen Verhalten Wind bekamen, war es mit der hohen Zeit der lieben Hasen vorbei. Ein böses Wort machte die Runde. „Die haben doch einen Schatten!", sagte man.

Die Hasen trauten sich aber nichts, und deshalb traute man ihnen nicht.
„Vielleicht sind die lieben Hasen in Wirklichkeit doch noch böse Hasen", sagten manche. „Stille Wasser, tiefes Loch", sagten einige. Die anderen Tiere verlangten deshalb von den Hasen mehr liebe Hasenbeweise. „Wir schaffen das", versprachen die Hasen und strengten sich sehr, sehr an.

Mit dem Anstrengen hatten die Hasen es aber nun auch wieder übertrieben. Ausgebrannt und leer krochen sie dahin. Zu ihren Kuhlen. Wie sollten sie nun noch liebe Hasenbeweise erbringen, wo sie so müde waren? Wie waren sie so bange!
Als die anderen Tiere von diesem merkwürdigen Verhalten Wind bekamen, nannten sie die Hasen Angsthasen.

Aber keine Angst!
Den Freispruch ließen sie bestehen!

Was lernt man aus der Fabel?
	Soo `ne Angst, die ist blamabel.
	Ob von rechts, von links der Wind
Soo `ne Angst macht immer blind.

Gibt's vielleicht noch `ne Moral?
	In `ner bürgerlichen
	Demokratie ist
soo 'ne Angst - nicht normal.

Ortsbegehung

„Guck mal, Kind", sagte Papa, „jetzt stehe ich hier. Der kleine Schrank und der Zeitungsständer stehen links von mir. Der Tisch und die vier Stühle in der Mitte vom Wohnzimmer sind rechts von mir." Er zeigte mit der linken und der rechten Hand auf die Gegenstände.

„Jetzt gehe ich auf die andere Seite vom Tisch. Und schwuppdiwupp, siehst du, ist der Tisch mit den Stühlen in der Mitte, der vorhin noch rechts von mir stand, links. Ob links oder rechts, Kind, das kommt auf den eigenen Standpunkt an.

Papa stieg auf den Tisch. „Pass noch mal auf! Wenn ich zum Beispiel wie jetzt auf dem Tisch in der Mitte stehe und steige dann links davon hinunter", Papa sprang auf den Boden, „dann rückt alles, was vorher in der Mitte stand, nach rechts für mich. Siehst du? Und je weiter du dich in eine Richtung entfernst, umso weiter entfernt sich die andere Richtung von dir. Je nach eigenem Standpunkt nimmst du das jedenfalls so wahr. Ist natürlich nicht wirklich so, der Tisch steht ja immer noch in der Mitte, sondern das ist einfach die Folge aus deinem eigenen Blickwinkel. Hast du das verstanden, Kind?"

Ich erinnere mich noch, wie ich Papa eifrig zugenickt habe.

Wat dat Volkherr jesacht hätt....

Jetzt sind de Narren wieder unterwegs. Et iss de komische Zeit.
Da will ich et doch nit versäumen, Ihnen mal en lustig Jeschicht zu verzählen.

Neulich saßen wir alle beim Doris im Lokal, dachten an nix, als dat Volkherr zur Tür rein kam. Mann, isch sach eusch, mir ham uns fast nass jelacht. Dat Volkherr kam in `ne kurz Hos zur Tür erin. Un draußen, da war et vier Grad unter Null. Dat Volkherr bibberte und schlotterte auch janz erbärmlich.

„Nu setz disch erstmal hin", ham mir dann all jesacht. Und dat Volkherr hat sich hin jehockt.

Der war aber jar nit ze bremse. Der hat auf die Mutti jeschimpft, dat hättste escht nit jedacht. Dat Volkherr hat nämlisch früher dat Mutti imma nur jelobt, wat fürn tolle Mutti dat wär. Aber jetzt:

Sie hätt ihn zur kurz Hos jezwunge, obwohl dat jar net jut für ihn wär. Aber dat Mutti wollt imma allet besser wissen, und allet bestimmen. Er, dat Volkherr, er tät doch auch wat wissen, wat jut un wat böse wär. Un auch, wat für ihn rischtisch un wat für ihn falsch wär, dat wüsst er auch jenau, sagte dat Volkherr.

„Un wat willste jetzt machen?", ham mir dann all jefracht.

Er hätt's ja schon über den Papa versucht. Der Papa, der hätt dat Mutti jesacht, dass sie dem Volkherr mehr zutrauen sollte. Dat Volkherr wär doch schon groß un sie hätt ihn doch so lang jut erzogen, der wüsst schon jenau, wat er wollen täte un wat er macht. Aber se würd sich ja sojar bei de Nachbarn einmischen. Die hätten ihr aber schwer Bescheid jestoßen. Se soll erstmal in ihrem Laden allet richtig machen. Se sollt sich an de eijene Nase packen, dat ham die jesacht. Dat Mutti, dat würd aber auf keinen hören, nit auf den Papa, nit auf de Nachbarn. Sie würd eben auf jar keinen hören und einfach imma so weiter machen.

„Ja, da musste dann aber mal selber wat sajen un machen", ham mir dat Volkherr jesacht. Aber da fing dat Volkherr wieder so an zu schlottern und zu bibbern. Obwohl's bei de Doris im Lokal escht warm iss.

Als dat Volkherr draußen war, hab ich jesacht.

„ Eijentlich iss et ja noch imma jut jejange."

Dies Mal wär's aber janz anders, hat de Axel da jemeint. Ich glaub', dat iss e 'ne Schwarzseher, oder?

Mal hörn, wenn dat Volkherr nächste Mal wieder zu de Doris kommt.

Experiment „Schlechter Text" Werwiewas?

„Guten Tag", sagte er muffelig.

„Ja, in Ordnung", erwiderte sie nach langem Zögern.

„Also", fuhr er weiter fort und fixierte sie, „was ist denn das für eine Eröffnung? Kommen Sie jetzt mal zur Sache, auf den Punkt, was wollen Sie denn? Ich will hier nichts wiederholen, ich sage alles höchstens bis zu zwei Mal, darauf können Sie sich verlassen. Nur in absoluten Sonderfällen habe ich mich gegebenenfalls und gelegentlich in der jüngsten und allerjüngsten Vergangenheit auch einmal zu dreimaligem Sagen hinreißen lassen. Aber das können wird dann später einmal in aller Ruhe diskutieren. Nun reden Sie schon!"

„Ja, Herr Vorsitzender, wissen Sie denn nicht, um was es hier eigentlich geht? Sie haben mich doch aufgefordert, mich hier zu melden und mich hier zu bewerben und mich auch vorzubereiten auf die Sache."

„Gute Frau, stehen Sie gerade! Bei mir steht man immer und für alles gerade. Was wollte ich doch gleich noch sagen, ach ja, natürlich. Vermeiden Sie zukünftig diese langen Sätze, das dient nicht gerade der Verständlichkeit. Einfache Sprache ist die Devise aller Zeitgenossen, die etwas zu sagen haben, das Motto dieses Jahres und vermutlich auch noch des nächsten Jahres sozusagen. Ja, man sollte Schachtelsätze immer vermeiden, immer diese alten Schachtelsätze.
Apropos.
Nehmen Sie also nun erst einmal Stellung. Zu Ihrer eigenen Person. Das erscheint mir das Wesentliche, zumindest also nun am Anfang. Ich habe mir zwar schon einen Eindruck von Ihnen verschaffen können und unter uns gesagt, befürchte ich das eine oder andere, aber ich frage Sie jetzt ganz direkt, so richtig auf Herz und Leber: Wie alt sind Sie?"

„Ich erstaune mich doch sehr, Herr Vorsitzender. In der Ausschreibung stand nicht, dass ich mein größtes Geheimnis lüften müsste. Tut ja doch auch gar nichts zu der Sache, um die es hier geht, oder etwa nicht, nicht wahr? Aber ein Diplom habe ich. Und ich bin auch ziemlich weit gereist, so in der Welt herum, da hab' ich schon so manches erlebt, von dem ich erzählen kann. Und reflektiert habe ich das auch."

„Sie glauben also, mich mit diesem bildungsbürgerlichen Karriereabfall beeindrucken zu können. Glauben wohl – ich nehme fast an, sie wollen mir auch noch erzählen, hätten das Abitur oder sogar noch studiert und Ihren Abschluss gemacht, vielleicht auch noch in Germanistik, haha. Also, ergo, beim Wer sind Sie bei mir jetzt aber durchgefallen, gute Frau. Kommt ja auch immer auf die äußere Erscheinung an, Punkt. Ökonomisch, genauer gesagt."

„Soll ich vorher noch etwas sagen, Herr Vorsitzender?"

„Was denn wohl, gute Frau? Stehen Sie doch endlich mal gerade! Vorher, nachher, wer, was denn noch alles? Wie wollen Sie denn alles rüberbringen, wie es so schön auf neudeutsch heißt, nicht wahr? Das Wie ist genauso wichtig wie das Wer. Bin sehr gespannt, ob Sie da auch so wenig reüssieren wie beim ersten Element, wenn Sie wissen, was ich meine."

„Die Sache ist die, Herr Vorsitzender, mir ist die Sache, also die Aussage wichtig."

„So, so, Ihnen geht's also um etwas. Gestatten, Gnädigste, dass ich Sie da aufklären muss. Belehren, erhobener Zeigefinger, das interessiert doch kein Kaninchen, das will aber auch gar niemand hören und noch viel weniger lesen, das könnten Sie sogar Günter fragen. Wer schreibt, muss sich schon fokussieren können. Vor dem ganzen didaktischen Gesülze, was sie jetzt auf mich niederprasseln wollen und was mir den Kopf verknotet, steht doch festgemauert in den Texten ganz am Anfang nur das eine. Erstens das Wie, zweitens das Wie und drittens, das können sie jetzt selber singen, nicht wahr? So, und nun mal ran an die Ananas. Was ist denn neu bei Ihnen?"

„Ich hab' die Geschichte mitgebracht. Ich lege Sie Ihnen hin. Wollen Sie sie…"._

„Haha. Sie bringt mir die Geschichte mit und legt sie mir hin, Günter! Die römische in der Toga vielleicht? Oder die teutonische in schwarz-rot-goldener Pickelhaube, was? Herr, lass' Mitternacht werden! Nein, nein! Günter, holen Sie mir mal 'ne Cola. Ach nein, da ist zu viel Zucker drin. Ich will eine Cola mit gar nix drin, die Null-Cola, Günter. Aber zack-zack, ziemlich zügig."

Daraufhin sagte sie muffelig: „Na dann. Guten Tag."

Nach langem Zögern erwiderte er: „Ja, in Ordnung."

Von Schimpansen und Löwen

Lange Jahre hatten die Schimpansen mit viel Erfolg die Tiere das Lesen und Schreiben, die Anfänge der Mathematik und ordentliche Manieren gelehrt.

Die Raubkatzen und Paviane lagen ihnen besonders am Herzen, denn sie waren am schwersten zu erziehen. Schöne Erfolge hatte man messen und verbuchen können. So waren unter dem Druck ihrer Lehrer die Löwen beispielsweise dazu übergegangen, sich bei den Antilopen zu entschuldigen, bevor sie ihnen den Hals durchbissen. Und die Paviane präsentierten ihren roten Hintern nur alles dritte Mal.

Die Schimpansen kamen jeden Morgen, einen Holzstock in der Hand haltend, zur Unterweisung, und sie scheuten sich nicht, widerborstigen Tieren auf den Kopf zu schlagen, wenn diese nichts von den Regeln wissen wollten.

Wie schmerzhaft diese Schläge sein konnten, wussten die Tiere. Also standen sie für die Lehrer Spalier, die Schimpansen konnten fröhlich guten Morgen rufen und die Savanne für einen angenehmen Platz auf dieser Erde halten.

An irgendeinem Tag – später wusste man nicht mehr genau, wann – erschien Erprobtes altmodisch, das Neue , weil es neu war, überlegen und jeder, der sich der Mode nicht anschließen wollte, galt als unmodern.

Als deshalb der Oberschimpanse entschied, dass alle Unter- und Mittelschimpansen sich einer Fortbildung zu unterziehen hätten, die die altmodischen Erziehungsgrundsätze endlich überwinden sollte, äußerten die, die sich überhaupt äußerten, einhellige Begeisterung. Die schweigende Mehrheit schwieg.

Die Fortbildung führte nun erst einmal dazu, dass alle Unter- und Mittelschimpansen für Wochen fort waren.

Das sei ein durchaus erwünschter Effekt, ließ der Oberschimpanse verlauten, in Zukunft würden die Schimpansen die Tiere nämlich nur beim Lernen beraten. Und ihnen Materialien zu Verfügung stellen. Weise nickte er mit dem Kopf.

Weil die Lehrerschimpansen abwesend waren, übten die Tiere das Neue schon ein wenig. Die Löwen entschuldigten sich nicht mehr. Die Paviane kreischten und zeigten schamlos ihr Hinterteil. Die Antilopen grasten naiv wie eh und je in der Savanne.

In der fünften Woche kamen die Schimpansen zurück. An jedem ihrer Arme hing ein schwerer Korb mit den modernen Materialien. Den Holzstock hatten die Schimpansen gleich zu Beginn ihrer Fortbildung als ein Relikt aus einer vergangenen und schlechten Zeit zerbrochen.

Am nächsten Morgen nahmen die Tiere Aufstellung. Es war etwas lauter als gewöhnlich, denn die vier Wochen Üben hatten Eindruck hinterlassen.

Löwen und Paviane stellten sich einander gegenüber. In einigem Abstand dahinter bildeten die Antilopen eine lange Reihe, so dass in der Mitte ein Spalier für die Schimpansen gelassen war.

Die kamen nun mit ihren schweren Körben.
Der Oberschimpanse stellte sich in die Mitte.
„Liebe Tiere!
Vorbei die Tage eurer Unterdrückung!
Selbstbestimmtes Lernen präge eure Zukunft!"
Er hob seine Arme, die Lehrerschimpansen auch. Sie zeigten den Tieren die Körbe. Die Arme sanken herunter, der Oberschimpanse wandte sich zum Gehen.

Da brüllten die Löwen zum ersten Mal.
Der Oberschimpanse ging ein Stück weiter.
Die Löwen brüllten zum zweiten Mal.
Die Paviane schrien.
„Wo sind die Holzstöcke?"
„Sie haben gar keine Holzstöcke mehr!", antworteten die Löwen.
Da schloss sich das Spalier, einige Löwen bissen einigen Schimpansen die Köpfe ab, so dass diese kopflos waren. Derweil hatten die doch nicht so naiven Antilopen bereits fluchtartig das Weite gesucht.

Am nächsten Morgen hatte die schweigende Mehrheit den Holzstock wieder dabei und man schritt wie eh und je durchs Spalier.

Bei Otternbusch und Partner

An Tischen in einem Büro saßen Hunde, Katzen und andere Tiere. Sechs Tische, zwölf Tiere, ein Großraumbüro.

Alle Tiere trugen Masken, wenn sie in dem großen Büro waren.

Der Mund der Masken lächelte, die Augen blickten freundlich und die Stirn war glatt und ohne Missbilligung.

Begegneten sich die Tiere auf den langen Fluren, so verneigten sie sich. Sie lächelten und grüßten freundlich mit den Augen. So stritten sie sich nie, sie waren zufrieden und freuten sich über den Frieden in dem großen Büro. Sie legten ihre Masken nur ab, wenn sie am Abend das Gebäude verließen, um in ihre kleinen Häuser zur Nacht zurückzukehren.

So arbeiteten sie sieben glückliche Jahre zusammen. Sie sprachen ein wenig, sie lachten über gemeinsame Späße, sie aßen zusammen eine Kleinigkeit an ihren Tischen und gingen ihre unterschiedlichen Wege außerhalb des Großraumbüros.

Am ersten Tag des achten Jahres trafen sich die Maskentiere zu einem Fest.

Als man sich gemütlich zum kleinen Imbiss an den Tischen niederlassen wollte, passierte es.

„Unerhört", hörte man einige sagen.

„Ich bin schon so lange hier. Das hat noch keiner gewagt", bemerkte eine Maske, die nahe der Tür stand.

Am Eingang des Büros stand im Türrahmen eine fremde schwarze Katze. Mit unverhülltem Gesicht. Sie lächelte, ihre Katzenaugen blitzten. Sie schaute sich um, hatte von irgendwoher einen dreizehnten Stuhl geholt und nahm an einem der Tische Platz.

„Sie wirkt freier und offener als wir", dachten die Masken.

„Sie kommt dir sofort nah", überlegten die anderen.

„Man kann sie schnell kennen lernen", vermutete eine graue Katze.

Am nächsten Morgen hatte diese ihre Maske abgelegt. Sie setzte sich neben die schwarze Katze.

„Finden Sie es nicht merkwürdig, dass die anderen ihre Gesichter verstecken? Sie sind sicher hässlich, meinen Sie nicht auch?"

Die graue Katze rückte noch ein Stück näher an die schwarze Katze heran.

Drei weitere Tage dauerte es, da hatten alle Katzen ihre Masken abgelegt. Bis auf eine.

Als am fünften Morgen die Hunde immer noch ihre Masken trugen, beschlossen die Katzen, sich des Abends in einem der kleinen Häuser zu treffen, um zu beratschlagen. Am nächsten Morgen fehlte der dreizehnte Stuhl.

Die Hunde verstanden wohl, sie wechselten sich beim Sitzen ab, Schweiß stand ihnen auf der Stirn, wenn sie keinen Platz fanden, denn auf die Plätze der unmaskierten Katzen wagten sie sich nicht zu setzen.

So kam es, dass auch die Hunde ohne Maske kamen. Da mussten die Katzen wirklich schrecklich lachen, denn Hunde sehen anders aus. Und bellen anders als die Katzen miauen.

Die Hunde wussten aber Rat. Es gab noch genug andere Maskenträger, über die man Peinliches sagen könnte. Und so setzte sich Hund zu Katze, zeigte verstohlen mit dem Finger auf den einen oder anderen und flüsterte Katze abwechselnd ins Ohr, was man nicht wissen konnte, aber wissen musste.

Alle Hunde und Katzen hatten nun ihre Masken abgelegt. Bis auf eine.

„Sie hat wohl etwas zu verbergen", meinte jemand.

„Sie ist zu eingebildet, sich uns zu zeigen", vermutete ein anderer.

„Sie ist unsicher", zischelte die letzte.

Die Maske hörte alles und sagte nichts. Sie stand, denn sie hatte an den Tischen der zwölf Stühle keinen Platz mehr.

Als sie sich umschaute, sah sie auch andere, die früher maskiert gewesen waren. Lamm, Fuchs, Affe, Kuh, sogar ein Krokodil war vertreten. Sie bedauerte sehr, dass der Maskenzwang aufgehoben war.

Sie band ihre eigene Maske fester und verließ das Büro.

Der Duft

Der Auftrag

„Besonders – und sonderlich. Ein bisschen ein komischer Vogel.

Geben Sie ihm Auftrieb, kümmern Sie sich um ihn. Ich bin sicher, dass er auf Sie fliegen wird."

Direktor Heimann sah sie an, nickte. Das war wohl das Signal aufzustehen. Er langte nach seinem Telefon.

„Frau Schimmel, bringen Sie mir die Akte Müller."

Er winkte ihr kurz mit der Hand zu, sie erhob sich und ging hinaus, an der grimmig dreinblickenden Sekretärin vorbei, hinunter durchs Treppenhaus. Nach dem künstlichen gedimmten Licht in Heimanns Zimmer schmerzte sie das Tageslicht draußen.

Sie steckte die dünne Informationsmappe mit den Fotos in ihre Tasche und machte sich auf den Weg zur Bahnstation.

„Bringen Sie ihn zurück nach München. Wenn er hier wieder Fuß gefasst hat, besorgen wir den Rest."

Bis Bozen und Meran ging ein Schnellzug, dann würde sie wohl ein Taxi nehmen müssen und das letzte Stück mit der Seilbahn fahren. Vielleicht gab es aber für das Taxi auch einen Wirtschaftsweg hinauf.

Sie blätterte die Informationsmappe durch, nur zwei Seiten.

Auf den Fotos sah er nicht schlecht aus. 1960 in Rosenheim geboren, hatte in München und Berlin studiert, seit 1997 Forschungsdirektor bei PSR. Verwitwet, keine Kinder. Seit einem Jahr krankheitsbedingt außer Dienst. Derzeitiger Aufenthaltsort ein winziges Einzelgehöft in den italienischen Alpen bei Meran, eher eine windschiefe Holzhütte, wenn man dem Foto glauben wollte. Zu seinen Aufgaben, dem Bereich, in dem er gearbeitet hatte, waren keine Hinweise vorhanden. Warum man ihn in München zurückhaben wollte, auch nicht. Es gab eine Auflistung einiger weniger Gewohnheiten, die ihr Vorgänger herausgefunden hatte. Einige seiner Vorlieben, dass er die Beatles, die Carpenters, Hunde allgemein und seinen Hund, der auf einem der Fotos abgebildet war, besonders liebte, dass er wenig aß. Knappe Informationen, wenn man jemandem vermeintlich zufällig begegnen und ihm nahe kommen soll. Aber der Vorschuss in ihrer Geldbörse und der großzügig dotierte Arbeitsvertrag mit der beachtlichen Prämie im Erfolgsfalle, beides fühlte sich gut und beruhigend an.

Vor Ort

Die letzte Seilbahn war schon vor Stunden gefahren. Gottseidank hatte der Taxifahrer gewartet und sich breitschlagen lassen, den Wirtschaftsweg zur Bergstation zu benutzen. Es war völlig dunkel, als sie oben ankam. An der Rezeption musste sie mehrfach die Glocke anschlagen, bis endlich ein müde aussehender älterer Herr angeschlurft kam. Aber ja, ihr

Zimmer könne sie beziehen, wenn es auch schon recht spät wäre. Da hätte sie aber Glück gehabt, dass er noch nicht schlafen gegangen sei. Todmüde sank sie ins Bett und schlief sofort ein.

Weil sie beim Schlafengehen versäumt hatte, die karierten Vorhänge zuzuziehen, biss die morgendliche Sonne jetzt in ihre Nase und ließ die Augen blinzeln. Sie hätte heute ausschlafen können.

Zwei Tage, ein freies Wochenende ohne Verpflichtungen, das wollte sie sich gönnen. Mehr als dreißig Jahre war sie nicht mehr in den Alpen gewesen. Sie erinnerte sich an die Wanderungen, bei denen Papa sie manchmal auf die Schultern genommen hatte, weil sie zu müde oder zu faul gewesen war. Familienidyll. Heute würde sie allein gehen.

Bei dem schönen Wetter konnte sie sicher auf einen Mantel verzichten, Jeans, T-Shirt und Pullover würden reichen. Sie zog ihre Turnschuhe an und ging hinunter in die Gaststube.

Andere Gäste waren nicht zu sehen, vielleicht war es noch zu früh. Der ältere Herr vom Vorabend kam an ihren Tisch.

„Was möchten's denn, Tee oder Kaffee? Sie sind ja scho so zeitig auf, ham's a große Tour vor?"

„Aber nein, ich will nur ein bisschen auf den Rundwegen herumlaufen, bin kein geübter Alpengeher."

„Vergessen's den Anorak net, do regnet's oftamal unverhofft. Und heftig, dann sind die Wegerln glei aufg'weicht."

Sie zog die Füße schnell unter den Tisch, damit der nette Mann ihre albernen Leinenturnschuhe nicht sehen sollte. Sie würde den Mantel mitnehmen müssen, einen Rucksack hatte sie natürlich auch nicht und jeder würde sie für einen komischen Vogel halten.

In den Bergen

Sie hatte sich für den viereinhalbstündigen großen Rundweg entschieden. Sie würde gegen zwei Uhr wieder an der Bergstation sein und noch etwas zu Mittag essen können. Die Pfade waren von Touristen festgetreten, es ließ sich mit den Turnschuhen gut laufen. Sie gratulierte sich, dass sie wenigstens eine Sonnenbrille mitgenommen hatte. An einen Hut hatte sie nicht gedacht.

Immer weiter entfernte sie sich von der Station, immer einsamer wurden die Pfade. Wunderbare Ausblicke ins Tal und auf die gegenüberliegenden Berge. Sie seufzte und schluchzte, ein paar Mal hintereinander. Alles hier war so schön. Und sie war Single, einundvierzig, hatte wieder einmal keinen festen Job, schlug sich mit dubiosen Gelegenheitsaufträgen durch, obwohl sie damals einen super Studienabschluss hingelegt hatte. Einige Tränen stahlen sich übers Gesicht. Wo waren die Taschentücher? Die hatte sie auch vergessen. Sie trat an den Rand des Weges, der nach unten steil abfiel. Gegenüberliegend, in einigem Abstand, hohe Berge. Mit beiden Händen formte sie eine Sprechmuschel, so, wie Papa es ihr vor vielen Jahren gezeigt hatte: „Miiist", brüllte sie, „Miiist!" „Iiist", antwortete das Echo, „iiist."

Um vierzehn Uhr zeigte der Wegweiser eine Reststrecke von weiteren eineinhalb Stunden an. Sie war einfach zu langsam gegangen. Weil sie an ihren nackten verschwitzten Füßen in den Leinenschuhen mindestens zehn Blasen haben musste, riesig mussten die sein, so wie die schmerzten. Und der Durst. Dem Himmel sei Dank, dass sie vor einer Stunde an einem kleinen Wasser vorbeigekommen war, dass von den Bergen herunterkommend, über den Pfad plätscherte.

„Wer aus mir trinkt, wird ein Reh, wer aus mir trinkt, wird ein Reh." Wie eine lahme Ente hatte sie drei weitere Stunden bis zum Gasthof humpeln und hinken müssen.

Beim Wirt
„Na, sagn's net, Sie sann den ganzen Tag ohne Hiatl in der Sonne g'wes'n. Kommen's amal näher, Sie sann ja krebsrot im G'sicht. Irgendwie erinnern's mich an wen. I hab's mi schon gestern g'fragt, aber i komm net d'rauf."

Der alte Herr, Wirt, Zimmermädchen, Kellner, Koch, Rezeptionist und Wanderberater empfing sie lachend an der Eingangstür, schaute aber auch ein klein wenig besorgt.

„Ham's auch net genug getrunken? Am besten legen's Ihne nieder und i bring Ihnen was zum Trinken und zum Essen."

Sie nickte ihm dankbar zu – soweit man in einer herben Niederlage zu einem Gefühl von Dankbarkeit in der Lage war – und schlurfte die Treppen hinauf zu ihrem Zimmer.

Der Wirt hatte an der Tür geklopft und stand jetzt in ihrem Raum.

„Sie ham's ja immer noch alles an. Wenn i glei weg bin, da ziehn's Ehna aus. Den Ventilator hier, den lassen's an und den Tee do, den trinken's im Lauf vom Abend. Wird scho wieder."

Der Wirt zog die Vorhänge zu, kippte das Fenster und steckte den Ventilator in die Steckdose.

„Wundern's Ehna net, wenn i um acht noamol nach Ehna schaugn tu – sicher is sicher, net?"

Mit diesen Worten ging er hinaus und zog vorsichtig die Tür hinter sich zu.

Sie hätte einen Stich, einen Sonnenstich, das dachte der Wirt und war deshalb so besorgt. Sie würde sich beobachten müssen.

Der Tee schmeckte schrecklich und war lauwarm. Aber sicher hatte ihr unfreiwilliger Wanderberater genau das Richtige getan, er schien Erfahrung mit solchen Anfängern wie ihr zu haben. Also trank sie brav eine zweite und eine dritte Tasse. Sie empfand die Hitze im Zimmer auch nicht mehr so stark, weil sie sich ausgekleidet hatte. Sie schlief ein.

Am Morgen

Wie glücklich die Abwesenheit von Unglück machen konnte!

Sie hatte keine Kopfschmerzen, ihr war nicht übel, nicht einmal heiß, sie hatte die ganze Nacht geschlafen und ein Blick auf ihr Handy zeigte, dass es vier Uhr am Sonntagnachmittag war. Sie würde hinuntergehen in die Gaststube, Kaffee trinken und Kuchen essen, einen Spaziergang machen und in ihrem Zimmer am Abend in dem Roman lesen, den sie sich für die Reise eingesteckt hatte.

„Was möchten's denn, Kaffee oder Tee?"

„Ein Kännchen Kaffee bitte und zwei Stück Apfelkuchen mit Sahne, wenn Sie den da haben."

Der Wirt war schnell wieder zurück, deckte Geschirr und Besteck und stellte Kaffee und Kuchen vor sie hin.

„ Bittschön, Kaffee und an Äpfelkiachl. Ham's vor a paar Jahrn amal a paar Sommer oben im Hotel Urlaub gemacht? Mit Ihrem Mann? Da ham's doch manches Mal bei mir an Kaffee getrunken, oder net?"

„Nein, ich bin schon dreißig Jahre nicht mehr in den Bergen gewesen. Zum letzten Mal als Kind mit meinen Eltern, und hier in der Gegend war ich noch nie."

Er schüttelte den Kopf, nickte, sagte, mehr zu sich selbst gewandt:

„Sie sann eigentlich auch a bisserl z'jung.

Wenn's heut wieder wandern wollen, i hätt an Hut für Sie. Und morgen könnten's nunter fahrn in Ort, die ham alles, was sie für's Wandern brauchen täten. Weil - Sie wollen ja noch a paar Tage bleibn."

Wieder war das Wetter herrlich. Und mit Sonnenbrille und Hut angenehm statt gefährlich. Auch die Taschentücher hatte sie dieses Mal eingesteckt. Sie entschied sich für den Weg zum See hinunter.

Wieder unterwegs

Die Touristen fluteten schon zur Bergstation zurück. Bald würde sie die Natur für sich haben. Rechts vom Weg fiel der Berg steil ab. Tiefer unten, dort, wo der Abhang in ein kleines Plateau überging, würden sicher Murmeltiere leben. Ein paar fette Kühe ließen sich das grüne, an manchen Stellen schon etwas gelbe Gras schmecken und sorgten für ihre großen, prall gefüllten Euter, die bei jedem Schritt leicht hin und her schwangen. Mit ihren schweren Hufen stampften sie die Erde und hielten sich zu gleicher Zeit an ihr fest, waren verbunden mit dieser kleinen umgrenzten, für ihre kurze Lebensspanne ewig-gleichen Kuhwelt. Die meisten Pflanzen zu beiden Seiten des Weges hatte sie noch nie gesehen. Den gelben Alpenmohn, den kannte sie. Die Pflanzen waren schön, blühten in dunklem Braunrot, blau und gelb, und immer wieder rosa. Rosa, festgekrallt in den Felsspalten, rosa in niedrigen Büschen, die den Weg und den Abhang säumten. Und endlich auch ein Fiepen. Sie hatte viele Tierbeiträge aus dem Hochgebirge angesehen, sie hatte sich die eigentümlichen Laute genau eingeprägt. Sie schaute hinunter, entdecken konnte sie die Murmeltiere nicht, aber hören, immer wieder, unterbrochen von langen Pausen völliger Stille.

Ihr Pfad führte nun nach links, weg von dem Abhang und sich sanft hinunterwindend zu dem Bergsee, den sie „Blauen See" nannten und der jetzt bereits in der Ferne zu entdecken war. Wie ein großer ovaler Saphir lag er vor ihr, an der linken Uferseite umstanden von hohen Lärchen. Eine Familie mit zwei lärmenden Kindern begann eilig den Rückweg. Die letzte Seilbahn würde bald nach unten fahren. Auf einer einsamen Bank am Ufer nahm sie Platz. Ein aufkommender leichter Abendwind trug dann und wann den harzigen Duft der Lärchen herüber und kräuselte den tiefblauen Spiegel des Sees, so dass Lärchen und die wenigen Wolken davon verschwanden. Sie zog ihre Schuhe aus. Die zwei Blasen vom Vortag hatten dank der guten Blasenpflaster vom Wirt keinerlei Schwierigkeit gemacht. Ein paar Schritte am flach abfallenden Uferrand, das kalte Wasser, den steinigen Untergrund an ihren Fußsohlen spüren.

Sie wartete am Ufer, bis ihre Füße wieder trocken waren. Sie würde jetzt zurückgehen müssen. Die Dunkelheit in den Bergen kam schnell und man fand dann als Ortsunkundiger den Weg nicht mehr.

Zurück im Gasthaus
„Ham's die paar Stunden genießen können? Lang war's ja net", begrüßte sie der Wirt.

„Soll i Ehna no was zum Essen herrichten? Knödel mit Schwammerln vielleicht?"

Sie nickte.

„Das wäre prima. Ich habe nach dem Spaziergang einen Riesenhunger. Und es war sehr schön, auch wenn es so kurz war."

Es dauerte eine Weile, bis er zurückkam, den Teller vor sie hinstellte und einen Krug mit Wasser.

Sie dankte ihm, er blieb unschlüssig einen Moment weiter stehen, schaute sie an, als warte er auf etwas. Als sie nichts weiter entgegnete, drehte er sich um und verschwand.

Die Luft in ihrem Zimmer kochte. Sie öffnete beide Fensterflügel, klemmte Kissen und Bettdecke gegen je eine Scheibe, zog den Vorhang vor. Sie zog sich aus, sie würde nackt und ohne Zudecke immer noch schwitzen. Der Liebesroman, den sie sich gekauft hatte. entsprach eigentlich nicht ihrem Geschmack. Beziehungsgeschichten waren ihr zuwider, weil es den Protagonisten in solchen Texten besser ging als ihr selbst. In der Bahnhofsbuchhandlung in München hatte es aber nicht viel anderes als Sachbücher und eben Liebesromane gegeben. Der Klappentext versprach immerhin eine tragikomische Liebesgeschichte. Das würde gehen.

„Nach der Arbeit kommt das Spiel", hatte Mama immer gesagt. Also nahm sie die Informationsmappe zur Hand, versuchte sich sein Gesicht einzuprägen. Das war fürs Erste das Wichtigste.

Während der Lektüre bekam sie sein Bild nun aber nicht mehr aus dem Kopf.

Montag
Um sieben surrte ihr Handy.

Aus den Informationen ihres Vorgängers war ersichtlich gewesen, dass er regelmäßig mit der Seilbahn hinunter in den Ort fuhr. Die Wahrscheinlichkeit, ihr Zielobjekt zu erwischen, nach einem Wochenende mit aufgebrauchten Vorräten, erschien ihr hoch. Sie würde den Montagmorgen in der Gaststube verbringen, sich am großen Fenster platzieren, von wo aus man den Einstieg der Seilbahn überblicken konnte. Zur Tarnung für den Wirt nahm sie den Liebesroman mit. Sie würde sich lesend stellen.

„Was möchten's denn, Kaffee oder Tee?"

„Kaffee und das große Frühstück, mit Saft und Eiern bitte."

Der Wirt war schnell wieder zurück, deckte ein und stellte alles vor sie hin.

„Wollen's heut nunter fahr'n in Ort? S Wetter soll nämli no länger schö bleibm."

Sie entgegnete nichts, lächelte ihn nur an.

Er nickte unmerklich, drehte sich um und verschwand.

Ab acht fuhr die Seilbahn im Stundentakt hinunter. Es waren nur wenige Passagiere, die sie mit Hilfe der Fotos scannen musste. Hotelgäste von oben, vielleicht waren auch ein paar Bewohner von abgelegenen Einzelgehöften dabei. Von unten hinauf dann wieder Touristen, Neuankömmlinge fürs Hotel oder die Station, Einheimische. Ab elf wurde die Situation unübersichtlich. Scharen von Menschen hinunter und hinauf. Der Wirt beobachtete sie, ihr Verhalten erschien ihm bestimmt immer unverständlicher und er würde in Kürze seine Vermutungen anstellen.

„Soll i Ehna was zum Mittag herrichten?"

„Gern, ich nehme das Tagesgericht." Sie wusste nicht einmal, was das war und ob er überhaupt eines vorgesehen hatte, bei der Gästeflaute, die nun schon drei Tage andauerte. Aber sie wollte ihn loswerden. Ihr Starren auf den Seilbahnein- und ausstieg, ihr Kleben am Gasthausstuhl, obwohl draußen bestes Sommerwetter herrschte, das Alibibuch, das seit Stunden auf der gleichen Seite aufgeschlagen war, das alles war ihr unendlich unangenehm.

Es dauerte eine Weile, bis der Wirt zurückkam, den Teller mit dem Tagesgericht vor sie hinstellte und einen Krug mit Wasser.

„Bittschön."

Er schwieg, blickte sie nicht an und verschwand ohne ein weiteres Wort.

Spießrutenlauf. Papa hatte ihr mal erklärt, was es damit in Preußen auf sich gehabt habe. Das war ihr erster Arbeitstag und sie fühlte sich bereits wie ein Soldat, der durch die Gasse laufen muss. Schwitzen, Frieren, Schwindel. „Alles psychisch", hätte Mama gesagt. Also würde sie ihre Geldbörse und den Arbeitsvertrag mit der Prämie in den nächsten Tagen visualisieren müssen. Sie saß bis zum Abend in der Gaststube und die Stunden dehnten sich gegen unendlich.

In der Nacht schlief sie schlecht, obwohl es etwas kühler zum Fenster hereinwehte. Sie musste mitten in der Nacht aufstehen, das Fenster schließen und sich etwas anziehen. Gegen Morgen schlief sie endlich ein.

Dienstag

„Kaffee oder Tee?"

„Wie gestern."

Sie hatte das Buch in ihrem Zimmer gelassen. Der Wirt würde sich ohnehin nicht täuschen lassen. Er hielt Abstand, wartete vielleicht darauf, dass sie ihn einweihen würde. Vielleicht hatte er aber auch das Interesse an ihrem Geheimnis schon verloren. Männer waren nicht so neugierig.

Bis zum Mittag verlief der heutige Tag wie der gestrige. Ein bisschen weniger Passagiere benutzten die Seilbahn. Das kühlere Wetter hielt offensichtlich manche Touristen zurück.

„Können Sie mir das Tagesgericht bringen?"
Es war kurz vor eins und sie würde wieder eine halbe Stunde Zeit haben bis zur nächsten Seilbahn.

Der Wirt nickte und kam kurz darauf mit ihrem Teller und einem Krug Wasser zurück. Sie war hungrig und freute sich auf das Essen. An der Seilbahn stand jetzt ein Mann. Er trug eine Windjacke und Jeans, Wanderschuhe, sein Rücken war breit, er war mittelgroß und schlank. Das konnte er sein. Wenn er sich doch umdrehen würde. Sie ließ ihren Teller stehen, drückte sich zur Tür hinaus und stellte sich in einiger Entfernung so, dass sie dem Mann ins Gesicht blicken konnte. Er schaute sie etwas verwundert an, lachte und kniff ungeschickt sein linkes Auge zu. Er war viel zu jung und hatte die Situation gründlich missverstanden.

„Schmeckt's Ehna heut net? Oder soll ich's no steh'nlassen?"

„Ja, bitte, lassen Sie's stehen." Sie gab keinerlei Erklärung für ihr merkwürdiges Verhalten ab. Jedes Wort hätte die Situation eher verschlimmert. Und der Wirt wusste jetzt sowieso, dass sie einem Mann hinterher war. Und das war peinlich genug. Als um sechs die letzte Seilbahn gegangen war, stand sie auf und suchte den Wirt. Er hatte sich den ganzen Nachmittag nicht blicken lassen. Sie ging zur Küche, alles war still. Sie klopfte, er hatte wohl geraucht, er war etwas verlegen. „Könnten's mir wohl bittschön etwas zum Abendbrot machen?", verfiel sie, ohne dass sie zu sagen gewusst hätte warum, in seinen alpenländischen Ton.

Er taute sofort auf.

„No amal Knödel mit Schwammerln?", fragte er.

„Gern."

Sie ging zu ihrem Platz.

Nach einer Weile kam er mit dampfenden Knödeln und Pilzen in duftender Sahnesoße zurück.

„Des wird Ehna gut schmecka, hab an Extraportion Rahm dazugeb'n."

Er würde sie mästen, er meinte es gut, da musste sie jetzt durch, sonst würde er wieder einrasten.

Sie lächelte begeistert und begann mit großem Engagement zu essen.

Er trat einen Schritt näher an ihren Tisch.

„Sie brauchen's Ehna gar net vor mir zu schäma, i hab meiner Frau auch amal hinterherspioniert. War aber scho z'spät. Heint hat's so an hoachgschissenen Haberer, wohnt drunten im Ort und spielt die Frau Doktor. Wia gscherte große Dame hält der Lackl's aus. Un i hock hier oben un kann mi über d'viele Arbeit fuchsn."

Sie musste ihn bitten am Tisch Platz zu nehmen, alles andere hätte ihn bei seiner Vertrauensseligkeit zurückgestoßen und beleidigt. Und sie musste noch vier Tage minimal in seinem Gasthaus durchhalten.

„Setzen Sie sich doch und leisten Sie mir ein bisschen Gesellschaft."

Er strahlte übers ganze Gesicht.

„Wissen's, is a bissele alloanig heroben. Viel Gäste hab i net mehr im Beisl, seit droben das Hotel aufg'macht hat. Heuer verirren sich nur noch wenig Leut zu mir."

„Ich bleib noch bis Samstag", tröstete sie.

„Bin froh, dass da sann. Und jetzt reden's ja auch wiada. Wenn's Hilfe brauchen beim Sucha von dem Mann, da könnt' i freili auch für Sie die Augn aufhalten. Ham's a Foto von ehm?"

Sie kramte das Porträtbild aus ihrer Tasche. Was sollte schon Schlimmes dabei herauskommen, wenn er mithalf, ihn zu finden? „Das hier, das ist er."

„Na, Sie sann mir ja oane. Also doch. Sie kenna doch einfach zu ehm nauf geha. I könnt Ehna auf der Kortn genau zeiga, wie's dorthin kemma."

Er stand auf.

„Jetzt schaugn's wiada, als wüssten's net, wos i moane tu, gell. I guck trotzdem a bisserl. I han ehn scho amal g'sehn. Aber zum Kaffeetrinka ist er au net mehr kemma."

Kopfschüttelnd drehte er sich um und verschwand in der Küche.

Der Wirt wusste mehr als sie selbst. Sie musste nachdenken, die Fäden entwirren.

Morgen vielleicht würde ihr Beobachtungsobjekt die Seilbahn nehmen. Sie hatte sich mehrere Strategien ausgedacht, wie sie seine Aufmerksamkeit erregen und in seine Nähe gelangen könnte. Sie las in ihrem Liebesroman, mit seinem Bild vor sich.

Mittwoch

„Wie gestern?", fragte der Wirt am Morgen.

„Wie gestern."

Sie war jetzt froh, dass der Wirt mitsuchen würde. Sie aß entspannt ihr Frühstück und holte sich sogar eine Tageszeitung vom Tresen.

„Ja, gebn's denn nu gar net mehr Obacht? Gucken's doch amal anaus, des iss'er doch."

Der Wirt war an ihren Tisch geeilt und zeigte aufgeregt mit dem Finger nach draußen.

„Ja, Herrschaftszeiten no amal, jetzt gehen's doch naus, die Bahn fährt Ehna ja sonst vor der Nasen weg."

Ob der Wirt recht hatte? Wie hatte er ihn nur erkennen können? Der Mann draußen an der Station wandte ihnen den Rücken zu, auf dem Foto hatte er dunkles volles Haar, und dieser hier war grau, graumeliert. An der Leine führte er einen Hund. Konnte wirklich sein, dass er es war.

„Ich bin heute Abend wieder da", rief sie dem Wirt zu und nahm eilig ihre Handtasche.

„Nu gehn's scho, sonst hucken's mer no zwei Wochn in der Gaststub rum!"

Sie reihte sich hinter dem Mann mit dem Hund ein, ging nach ihm durch das Drehkreuz und stieg in der Gondel ein. Sie waren die einzigen Fahrgäste. Sie nahm ihm gegenüber Platz.

„Harro, sitz! Guter Hund!"

Der Mann streichelte den blonden Labrador, tätschelte ihn hinter den Ohren. Sie streifte ihr Gegenüber kurz mit einem Blick. Er trug Vollbart, wirkte im Gesicht trotzdem schmaler als auf dem Foto. War er es? Aus dem Augenwinkel beobachtete sie ihn weiter, wendete den Kopf ein bisschen, um so zu tun, als schaue sie aus dem Kabinenfenster.

Der Hund saß brav auf seinem Platz.

Der Mann richtete sich auf. Sie spürte seinen Blick und drehte sich etwas zu ihm. Er zuckte zusammen, starrte sie an, so dass sie sich irritiert wieder abwandte. Konnte er hellsehen? Wusste er, dass sie auf seine Fährte gesetzt worden war? Spürte er, dass sie etwas von ihm wollte? Er fixierte sie weiter.

Mamas Sprüche für jede Lebenslage durchrauschten ihren Kopf.

„Wer nichts wagt, der nichts gewinnt!" „Wer wagt, kann verlieren – wer nichts wagt, hat schon verloren!"

Und Papa quasselte auch noch dazwischen. „Frisch gewagt ist halb gewonnen!"

„Ihr Hund ist aber wirklich gut erzogen."

Beim Klang ihrer Stimme entspannten sich seine Züge. Er schaute jetzt eher freundlich und interessiert.

„Wie alt sind Sie?"

So ein komischer Vogel. Fiel mit der Tür ins Haus, anstatt auf ihren Smalltalk einzugehen. „Verhalte dich professionell. Gefühle kann man sich im Job nicht leisten." Warum quasselte Papa immer wieder in ihren Kopf hinein. Wenigstens war Mama mal still.

„Ich bin einundvierzig."

„Erstaunlich", bemerkte er und wandte sich wieder dem Hund zu.

Was sollte das nun wieder heißen? Wie hatte der Direktor gesagt? „Ich bin sicher, dass er auf Sie fliegen wird." Also, Begeisterung sah anders aus. Sie waren an der Talstation angekommen. Er nickte und stieg grußlos aus.

Sie würde ihm folgen müssen. Sie verfluchte sich, dass sie diesen Job angenommen hatte, sie verfluchte sich, dass sie diesen Job annehmen musste. Warum hatte sie sich bis jetzt nicht klargemacht, was sie am Ende einbringen musste. Der Mann würde sie doch nicht nach München begleiten, nur weil sie ihn darum bitten würde. „Können Sie mich bitte nach München begleiten, damit ich Sie bei Direktor Heimann abliefern kann, der irgendein Interesse an Ihnen hat und Sie in seiner Firma zurückhaben will? Ich bekomme dafür nämlich eine Woche Aufenthalt hier in den Bergen bezahlt mit einem Tagessatz von 150 Euro, die ich dringend benötige, weil ich trotz guten Studienabschlusses als Germanist arbeitslos bin. Und wenn Sie also bitte sofort mitkommen, legt Herr Heimann noch einmal 3000 Euro drauf." So würde das nicht funktionieren! Sie war keine Jungfrau, keine Heilige, aber auch … . Sie hielt in ihren Gedanken inne, sonst würde sie gleich vor Entsetzen und Wut über sich selbst und die Welt heulen. Gottseidank hatte sie die Taschentücher dabei.

Sie folgte ihm in einiger Entfernung. In der Hoffnung, dass er sie nicht sehen werde, drückte sie sich hinter Türen, Sträuchern, Blumenkübeln entlang.

„Wenn Sie mich schon verfolgen, können Sie auch gleich mit mir gehen."

Er stand bei der Eisdiele plötzlich vor ihr und lächelte.

„Kommen Sie, ich führe Sie ein bisschen im Ort herum, um Ihnen Ihr Geheimnis zu entlocken, Sie Alpen-Mata-Hari."

Die Eisdiele, das Heimatmuseum, das Gasthaus „Zum Schwarzen Bären", das Obstgeschäft und den Supermarkt hatten sie hinter sich, als sie in die letzte Seilbahn stiegen.

Sie war sich immer noch nicht sicher, ob er es war. Ein Vollbart veränderte Menschen stark, fast bis zur Unkenntlichkeit. Sie musste seinen Namen herausfinden, dann gab es Gewissheit.

„Wir haben uns noch gar nicht bekanntgemacht. Anita. Anita Rehbein."

Er grinste, vermutlich wegen ihres Familiennamens.

„Freut mich, Sie kennenzulernen, Anita."

Mehr nicht. Stellte sich selbst nicht vor, verschaffte ihr keine Gewissheit, überließ sie dem Bewusstsein, sich unter Umständen beim Falschen zum Affen zu machen. Immer, wenn sie an sich zweifelte, wenn sie in Schwierigkeiten war, meldeten sich Mama und Papa im Kopf. Gleich würde das Sprechtheater wieder beginnen, das wusste sie.

„Du kannst nicht drei Kilometer Anlauf nehmen, um dann einen Zentimeter weit zu springen", feuerte Papa sie zum Durchhalten an.

„Das dicke Ende kommt zuletzt", warnte Mama und mahnte zum Nachdenken und zur Besonnenheit.

So war es auch oft gewesen, als beide noch lebten. Der eine Hüh, der andere Hott. Und zwischendurch Zeter und Mordio um den richtigen Weg.

Die Stellungnahmen der Eltern halfen ihr nun in diesem Fall nicht wirklich, sondern verstärkten ihren eigenen inneren Widerstreit.

Als sie aus der Seilbahn stiegen, begann es heftig zu regnen. Er spannte den Regenschirm auf, stellte seine sechs Einkaufstüten ab, um sie zur Gasthaustür zu begleiten.

„Wollen Sie nicht im Gasthaus warten, bis sich der Regen gelegt hat?"

„So, wie das jetzt schon ausschaut, muss ich dann im Gasthaus übernachten. Und der Hund ist gar nicht gern aushäusig. Und braucht auch genau sein Futter. Nein, vielen Dank, es wird schon bis oben hinauf gehen. So weit ist es ja nicht."

Wenn sie das Haus sähe, hätte sie Gewissheit.

„Wenn es nicht so weit ist, begleite ich sie und borge mir für den Rückweg Ihren Regenschirm."

„Wirklich?", lachte er. „Gut, Anita, dann halten Sie mal meinen Regenschirm für mich!"

Der Pfad zu seinem Haus war schmal und die Begleitung und Beschirmung eine sportliche Leistung. Einerseits war der Schirm klein, ein Taschenknirps, der gerade für eine Person reichte. Andrerseits drückten die sechs Einkaufstüten sie von dem Mann weg, so dass sie mit Oberkörper und Arm Anstrengungen machen wusste, sich zu ihm hinüberzubeugen.

„Jetzt hat sich's richtig eingeregnet", sagte er. „Hier in den Bergen regnet's manchmal unverhofft. Und heftig", fuhr er fort.

Richtig. Trotz Regenschirm war sie mittlerweile am ganzen Körper durchweicht.

„Ist nur noch ein knappes Viertelstündchen. Dann sind wir da."

In einer knappen Viertelstunde würde es fast dunkel sein. In den Bergen kam die Dunkelheit schnell. Wie sollte sie den Rückweg bewältigen, als Ortsunkundige würde sie vielleicht den Weg verlieren. Und wenn sie nun das Haus wegen der Dunkelheit gar nicht zweifelsfrei identifizieren konnte? Dann war sie so schlau wie zuvor, in einer unmöglichen Situation und ihr einziger Strohhalm war die Aussage vom Wirt, dass der Mann, den man nur von hinten hatte sehen können, der Gesuchte auf dem Foto sei.

„So, wir sind da. Wollen Sie nicht mit hineinkommen und trockene Kleidung anziehen. Sie sind ja ganz durchgeweicht."

Das kleine Haus lag mehr oder weniger im Dunkel. Einzelheiten waren nicht mehr zu erkennen. Super! Woher sollte sie trockene Kleidung nehmen? Und was musste vorher passieren, damit sie trockene Kleidung, vielleicht ein Hemd und eine Hose von ihm, anziehen konnte?

„Mitgegangen, mitgehangen", sagte Papa.

Mama schwieg, offensichtlich vor Entsetzen.

Sie nickte dem Mann zu, schüttelte den Regenschirm aus, schloss ihn und folgte dem Mann ins Haus.

Er nahm ihr den Regenschirm aus der Hand, spannte ihn auf und stellte ihn im Eingangsbereich auf. Er knipste das Licht an. Na, elektrisches Licht hatte er also und hoffentlich auch ein Klosett mit Wasserspülung.

„Kommen Sie. Ich hole Ihnen trockene Kleidung."

Er kam mit über den Arm gelegten Kleidern zurück. Er stellte sich hinter sie, sein warmer Atem streifte ihren Hals. Er küsste sie auf den Nacken, sog, so kam es ihr vor, ihren Duft ein, mit Nase, mit seinem Mund, er öffnete die Knöpfe ihrer Strickjacke, ihrer Bluse, er küsste ihre Schultern, ihre Arme.

Warum ließ sie das alles zu? Vielleicht war er der Falsche, die Prämie futsch, vielleicht war er ein Frauenmörder und sie würde für immer in den Bergen verschwunden sein? Ok, sie war seit langem Single, keine Jungfrau und keine Heilige.

Er drehte sie zu sich herum, bedeckte ihr Gesicht mit seinen Küssen.

„Halb zog er sie, halb sank sie hin, da war's um sie gescheh'n", lieferte Mama, unaufgefordert und unbestechlich wie immer, ihren Kommentar.

Donnerstag

Es war hell im Zimmer. Der Platz im Bett neben ihr war leer.

Sie hörte ihn in der Küche hantieren. Sie durfte also zum Frühstück bleiben. Wie unendlich, unaussprechlich peinlich war die ganze Situation. Erster Tag, sofort in der Kiste, sie wusste nicht einmal seinen Namen. Und sie war einundvierzig und er bestimmt über fünfzig, egal, wer auch immer er sein mochte.

„Da ich zum Frühstück bleiben darf, darf ich jetzt auch deinen Namen wissen? Sie versuchte, witzig zu klingen.

Er grinste.

„Sind Namen nicht Schall und Rauch? Ich heiße Martin, gnädiges Fräulein, angenehm." Er deutete eine Verbeugung an, was ins seinem Adamskostüm, in dem er sich noch befand, extrem lächerlich aussah und sie an die Almkühe erinnerte.

Gottseidank. Zu neunzig Prozent war er also der Richtige, wenn er auch seinen Nachnamen noch nicht preisgegeben hatte. Aber sie würde nachher sein Haus genau anschauen und, so hoffte sie, zweifelsfrei wiedererkennen.

„Sind meine Kleider trocken?"

„Ich habe dir die neuen Kleider auf den Stuhl gelegt. Es ist zu feucht, deine Kleider werden noch etwas Zeit zum Trocknen brauchen. Lass uns so frühstücken, wie wir geschlafen haben", dabei lächelte er, „du bist so schön, gönn mir noch ein bisschen deinen Anblick."

Es war Morgen, es war hell, alles erschien in anderem Licht und sie schämte sich. Schämte sich für gestern Abend und die Nacht, schämte sich, dass sie nackt war.

„Jedes Ding hat seine Zeit", hallte Mama.

„Ich will mich lieber erst anziehen."

Sie ging nackt zum Stuhl hinüber und griff nach den Kleidern. Frauenkleider, offensichtlich in ihrer Größe. Auf dem Tisch lag ein Briefumschlag. „Für Anita."

„Was ist das für ein Brief? Ist der von dir?"

„Lass uns erst frühstücken, ja? Du kannst ihn im Gasthaus öffnen, er offenbart dir ein Geheimnis."

Sie frühstückten schweigend. Er hatte sich auch etwas angezogen.

Irgendwann holte er die Tüte mit ihrer feuchten Kleidung.

An der Tür sagte er: „Wir haben uns ja nur einmal gesehen, aber wer weiß, vielleicht trifft man sich noch einmal wieder."

Sie schlich die Holztreppe hinunter wie ein geprügelter Hund, dann rannte sie im Regen den Pfad hinab, ohne einen Blick auf das Haus zu werfen.

Die Kleidung, der gefaltete Brief in ihrer Hosentasche, alles brannte gleichsam auf ihrer Haut. Sie kam atemlos am Gasthaus an.

An der Tür stand der Wirt.

„Wo worn's denn? Hab mer scho Sorgen g'macht, dass Ehna wos passiert wär. S'wär besser g'wesa, S'hätten vorher wos g'sagt, dann hätt i mir die Unruh schenka kenna", sagte er vorwurfsvoll.

Ihr fiel so schnell keine Ausrede ein, weil ihr die Peinlichkeit der Situation die Sprache verschlagen hatte. Sie schwieg, stand da mit hängenden Armen und rang nach Luft.

Männer mögen defensive Frauen, die sich wie friedlich-dumme Kühe oder unschuldig-naive Lämmer verhalten. Das stärkt ihre Position und gibt ihnen die Gewissheit, dass sie das stärkere Geschlecht sind.

„Na, jetzt han i's kapiert. Sind wohl glei zu ehm neig'schliepft? Ging aber fix, gell?", meinte er verschmitzt.

„Da kommen's amal eini, noch der Nocht brauchen's sicher guats was zum Essa, gell?"

„Nein, nein", beeilte sie sich, „ich habe schon gefrühstückt."

Sie eilte in ihr Zimmer, warf sich auf das Bett und begann mit dem Seufzen und Schluchzen.

„Für Anita". Sie legte den Brief auf den Tisch.
„Er offenbart dir ein Geheimnis."

Sie riss den Umschlag auf. Er enthielt kein Schreiben an Sie, keine Notiz, nur Scheine, ein ganzes Bündel Scheine. Sie legte das Geld auf den Tisch, nahm die Packung mit den Taschentüchern aus ihrer Handtasche, stopfte sich ein Taschentuch in den Mund, damit der Wirt ihr Heulen nicht hören konnte.

Es klopfte an der Tür.

„Wenn's nix zu Mittag ham woll'n, da tät i amol oinwerzig fahr'n."

„ Ich bin nicht hungrig", gab sie zurück, froh, sich heute nicht mit dem Wirt unterhalten zu müssen.

„Pfiat-Ehna."

Sie sprang aus dem Bett, zog die Kleider aus, die er ihr gegeben hatte und die bestimmt seine verstorbene Frau getragen hatte, schleuderte sie in die Ecke. Die Bettdecke und das Kissen flogen hinterher. Sie trampelte, trat, boxte den Kissen-Kleider-Bettdecken-Berg, immer und wieder, bis sie allmählich ruhiger wurde.

Sie ging zum Tisch und blätterte die Scheine durch. Lauter Fünfziger, sechzig Stück, dreitausend Euro. Der Haufen musste noch einmal herhalten. Sie warf sich bäuchlings auf das Bett und heulte noch eine Runde, aber ohne Taschentuch. Der Wirt war ja im Ort.

Um drei Uhr kam sie langsam zur Besinnung.

Wenn er es so haben wollte! Dann bekam sie eben nicht die Prämie von Heimann fürs Herholen, sondern die Prämie von ihm fürs Wegbleiben und Dalassen. Wenn sie es im rechten Licht betrachtete, hatten dieser veränderte Auftrag und der andere Auftraggeber doch ziemlichen Spaß gemacht. Wenigstens für kurze Zeit. Wenn nur nicht die blöden Gefühle dieses logische, vernünftige Herangehen behindert hätten! Sie sehnte sich doch tatsächlich nach diesem falschen Fünfziger, der sie so hereingelegt, manipuliert und benutzt hatte! Er hatte sie gedemütigt, das Geheimnis ihrer Käuflichkeit offenbart und sie mit dem Geld unendlich beschämt. Aber hatte sie sich nicht schon wegen des ursprünglichen Auftrags geniert? Was hatte sie denn in ihrer Naivität geglaubt, wie sie ihn nach Ansicht Heimanns bewegen sollte, nach München zurückzukehren?

Woher wusste Martin überhaupt von der Angelegenheit? Warum hatte er sie quasi sofort erkannt und Verdacht geschöpft?

Ach, sie würde dieses ganze Kapitel beenden, abreisen und Heimann den Auftrag zurückgeben, von den dreitausend zwei Monate leben und dann hatte sie Martin bestimmt auch vergessen.

Sie begann ihren Koffer zu packen und wartete auf die Rückkehr des Wirts, um zahlen und abreisen zu können.

Mittlerweile war es dreiundzwanzig Uhr. Vor Stunden war die letzte Seilbahn gefahren, und sie saß hier mutterseelenallein, ohne Abendbrot. Was dachte der Wirt sich eigentlich? Sie ging zum Tresen und holte sich eine Flasche Südtiroler Rotwein. Sie würde in ihr Zimmer hinaufgehen und sich betrinken, zum Lesen des Liebesromans fehlte ihr die Lust.

Freitag

„Wolln's heut scho abreisen? Oder ziehn's jetzt nauf zu ehm?"

Die Neugier des Wirts setzte ihr zu.

„Eigentlich hatte ich gestern abreisen wollen. Deshalb steht auch der Koffer schon hier. Aber Sie haben sich ja nicht blicken lassen."

Jetzt war er aber beleidigt.

„Jessas-na, du liaba Gott! I hab g'laubt, Sie sann afnocht wiada ob'n. Wia soll i denn wisse, dass der ganze Spass nur a einzig Nächtle anhält. Und unsereins muss ja au amal a Gaudi hab'n, mer is ja au a Mensch un i bin au a Mannsbild."

Hoffentlich würde sich der Wirt nun nicht weiter über das letzte Thema auslassen. Das würde ihr gerade noch fehlen.

„Ich zahle natürlich noch für die nächste Nacht, so, wie es vereinbart war", besänftigte sie ihn und lenkte ab.

„Eigentlich kann i des net annehme", entgegnete er hastig und steckte gleichzeitig seelenruhig das gesamte Geld, das auf dem Tresen lag, ein.

„I bring Ehna den Koffer no nach vorn, zur Bahn."

Er nahm das Gepäckstück, stellte es vor dem Drehkreuz ab, gab ihr die Hand und war schnell verschwunden.

Während sie, allein in der Kabine sitzend, hinunter fuhr, sah sie Martins Bild vor sich. Und das ärgerte sie und machte sie traurig zugleich.

Zurück in München

Sie war über das gedimmte Licht in Heimanns Büro froh. Bestimmt sah sie schrecklich aus. Sie hatte schlecht geschlafen und sich den Kopf zermartert, was sie sagen und wie sie sich verhalten solle.

„Wie ist denn der Stand der Dinge, Anita?"

Hatte sie ihm erlaubt, sie beim Vornamen zu nennen? Seine Respektlosigkeit wiederholte sich in seinem Blick. Er starrte ungeniert auf ihre Beine und jetzt stand er aus seinem Schreibtischsessel auf, zog einen der anderen Stühle heran und setzte sich neben sie, für ihren Geschmack viel zu nah.

„Jetzt plaudern Sie mal ein bisschen aus dem Nähkästchen. Sie haben den alten Hund doch bestimmt schon herumgekriegt."

„Herr Heimann", sie erhob sich von ihrem Stuhl, „ich muss Sie leider enttäuschen. Ich habe den sicheren Eindruck, dass ich auf Herrn Palmer weder jetzt noch in Zukunft Einfluss oder irgendeine Wirkung haben werde. Somit müssen wir es wohl bei diesem einmaligen Versuch der Kontaktaufnahme belassen."

„Nun setzen Sie sich mal ganz schön wieder hin, Kindchen. So schnell werfen wir die Flinte nicht ins Korn. Unser Vertrag sieht eine Laufzeit von einem Monat vor, die nur in gegenseitigem Einvernehmen verkürzt werden kann. Und ich bin nicht einverstanden, den Fisch jetzt schon von der Angel zu lassen."

„Sie wollen doch wohl nicht für eine völlig aussichtslose Angelegenheit Geld zum Fenster hinauswerfen, Herr Heimann?"

„Sie lesen nicht richtig. Das Kleingedruckte auf der letzten Seite, das gehört auch dazu, meine Liebe.

Ich zahle Ihnen außer Ihrer Prämie im Erfolgsfalle nichts, gar nichts, wenn Sie sich zuhause in Ihrer Wohnung aufhalten. Nur, wenn Sie dort hinfahren, wo er sich aufhält, da fällt der Tagessatz von 150 Euro an. Das ist der Deal."

Sie wandte sich zur Tür.

„Ich habe mit dieser Regelung kein Problem, Herr Direktor. Ich werde mich die nächsten Wochen zuhause aufhalten und Sie keinen Cent kosten, auch am Ende nicht, denn eine Prämie wird es nicht geben, da bin ich absolut sicher. Leben Sie wohl."

Er stand blitzschnell auf, trat hinter sie und legte eine Hand auf ihre Schuler, um sie aufzuhalten.

„Nun laufen Sie nicht gleich davon. Sie sind bestgeeignet für diesen Fall und deshalb bin ich bereit, noch ein bisschen draufzulegen. Sagen wir mal, Erfolgsprämie sechstausend und Tagessatz verdoppelt auf dreihundert. Kommt's nicht immer und überall auf den Preis an, Anita?"

Bei sechstausend würde sie ihm die dreitausend morgens auf den Nachttisch legen können. Oder noch besser in einen Brief hineinstecken. Für Martin, würde sie draufschreiben. Und einen Zettel dazu. „War nett, danke."

Sie hatte den Türgriff schon in der Hand.

„Nein, Herr Heimann, mein Entschluss steht fest. Aber ich danke Ihnen für das großzügige Angebot."

„Schick ich Ihnen noch mal schriftlich", hörte sie ihn rufen, als sie an der grimmig dreinblickenden Sekretärin vorbei ins Treppenhaus flüchtete.

In der Wohnung

In den letzten zwei Tagen hatte sie sechs Wannenvollbäder genommen.

Sie war nicht nur sauber, sondern vollkommen rein. Begonnen hatte sie mit „Tiefenentspannung pur", gefolgt von „Kräuterwohl" und „Fichtennadel". Papa und Mama hatten sich über Stunden ein Rededuell geliefert. Mamas „Ein sauberes Gewissen ist ein gutes Ruhekissen" wurde von Papa jedes Mal mit „Don't cry about spilt milk" relativiert. Geschlafen hatte sie kaum. Das „Kleopatra Bad" und zwei unterschiedliche Arten von Sinnensalzen heute Morgen zeigten allerdings allmählich Wirkung.

Zu ihrer sich bessernden Verfassung trug auch die Tatsache bei, dass sie Heimanns unmoralisches Angebot abgelehnt hatte. Sie war standhaft geblieben. Sie würde diesen Martin nie mehr wiedersehen, ihn vergessen, aus ihrem Gedächtnis streichen und sich endlich in einer Online-Dating-Börse anmelden. Sie brauchte einen Mann!

Sie würde sich jetzt weiter schön entspannen, gute Musik hören und danach ein bisschen im Internet surfen. Nach Jobs und nach Männern suchen, das würde sie machen. Sie sichtete ihre CDs. Da waren noch Papas alte Sachen, vieles von den Beatles, den Stones, zwei CDs von den Carpenters. Diese Musik mochte Martin doch auch. Sie würde mal reinhören, das konnte ja nichts schaden. Am besten gefiel ihr „Fool on the hill" von den Beatles. Vor allem die erste Strophe.

Day after day, alone on a hill
The man with the foolish grin
Is keeping perfectly still
But nobody wants to know him
They can see that he's just a fool
And he never gives an answer.

Nach „I need to be in love" von den Carpenters war sie wieder richtig traurig. Sie schaltete die Stereoanlage aus, kleidete sich an und ging hinunter zum Postkasten.

Sie hatte zwei Briefe, einen von Heimann, der andere war von Martin. Sie rannte die Treppe hinauf, legte beide Briefe auf den Couchtisch und begann zu überlegen.

Was Heimann geschrieben hatte, das wusste sie bereits. Sein Vorschlag würde sie erneut in Versuchung führen. Den Brief von Martin, sollte sie den überhaupt noch öffnen? Andererseits, ließe sie sich auf Heimanns Vorschlag, nach reiflichem Hin- und Herüberlegen natürlich nur, doch noch ein, müsste sie Martins Gemütslage kennen.

„Fragen und Gucken kostet nichts", ließ sich Papa vernehmen.

„Wer sich in Gefahr begibt, kommt darin um", warnte Mama.

Sie nahm beide Briefe an sich, Heimann hatte den im Büro gemachten Vorschlag verschriftlichen und die Zahlen 300 und 6000 fett hervorheben lassen. Sie strich sanft mit dem Zeigefinger über die Zahlen auf dem Papier, sie fühlten sich wunderbar an, Heimann war ein raffinierter Hund.

Martins Brief begann mit dem Wort „Quitt". In Fettdruck und geschätzter Größe fünfundvierzig.

„sind wir doch jetzt nur", schrieb er weiter, „liebe, teure Anita, schönste der Frauen auf Erden. Du hast mich benutzen wollen und ich wollte dir dafür eine Lektion erteilen. Und da du weiter gelesen und den Brief nicht zerrissen hast, kann ich dir jetzt einen Vorschlag machen.

Obwohl das weiße Pferdchen in meinem Ohr mich vor dir warnt und schlimme Dinge über dich erzählt, möchte ich dich wiedersehen. Ich könnte oben im Hotel eine Suite für uns buchen, für so lange, wie du willst (ich bin wohlhabend, aber das weißt du ja schon). Das Wetter soll die nächsten zwei Wochen herrlich sein (vielleicht auch noch länger) und wir könnten es uns wunderbar gutgehen lassen. Schreib mir bald zurück oder noch besser, ruf' mich an, ich kann es und dich kaum erwarten. Du kannst mich wieder leben oder mich weiter sterben lassen, denk' daran.

In Verzehrung,
Martin"

Sie war gerührt, wütend, amüsiert und unschlüssig zugleich. Sollte sie die Angelegenheit wieder mit einem Betrug beginnen lassen? Oder hatte er auf irgendwelchen Kanälen sowieso Kenntnis von der Sache und es war ihm egal, weil er sie als Affäre betrachtete? Wenn sie sich auf seinen Vorschlag einließe, wann könnte sie ihm erzählen, dass sie für den Aufenthalt Geld von Heimann bekommen würde und sogar eine Prämie, wenn sie ihn nach München zurücklotsen könnte? Und wenn - sie hatte doch keine Telefonnummer von ihm, in der Informationsmappe war keine angegeben.

Sie entschloss sich, einen ausgedehnten Spaziergang im Englischen Garten zu machen, um in Ruhe über alles nachdenken zu können.

Auf dem Weg zur Tür klingelte ihr Telefon. Die Nummer kannte sie nicht.

„Anita Rehbein, hallo."

„Hast du heute Morgen meinen Brief bekommen? Du kommst doch, ich stehe hier an der Hotelrezeption. Ganz tolles Zimmer, das wird dir gefallen."

„Frisch gewagt ist halb gewonnen", sagte Papa.

„Ich mach' mich nachher auf den Weg. Ich sag' Bescheid, wann ich da bin."

„Ich freue mich, Anita. Ich freue mich sehr", sagte er und legte auf.

Zu den Bergen

Auf dem Weg zur Bahnstation warf sie den unterschriebenen Vertrag an Heimann ein. Sie würde Martin bei der erstbesten Gelegenheit alles erzählen. Sie konnte es sich bei der unsicheren Lage der Dinge einfach nicht leisten, auf so viel Geld zu verzichten. Martin würde sie vielleicht bald genauso wieder im Regen stehen lassen wie beim ersten Mal. Sie kannte ihn nicht, sie wusste nichts über seine Beweggründe und Ziele, aber sie kannte die Höhe ihrer monatlichen Miete für die kleine möblierte Einzimmerwohnung mit Badewanne in München. War eine Schnapsidee von ihr gewesen, wegen der guten Arbeitsmarktlage nach München zu ziehen. Sie hätte natürlich zuerst nach einem Job suchen müssen und dann umziehen, aber jetzt war es für logische Überlegungen mal wieder zu spät.

Sie drückte die Wiederholtaste am Telefon.

„ Hallo Anita."

Er hatte sich ihre Nummer gemerkt.

„Ich bin um 22.00 Uhr in Meran."

„Ich hol' dich auf dem Gleis ab. Halt ein bisschen Ausschau nach mir. Bis nachher."

Die Fremdheit zwischen ihnen beiden und ihr eigener Mut machten ihr Angst.

Bevor sie ausstieg, erfasste sie Panik. Sie war verrückt, sich zu diesem Aufenthalt einladen zu lassen und vor allem unter den Bedingungen, die sie schriftlich bei Heimann akzeptiert hatte. Als sie ihn auf dem Bahnsteig winken sah, wurde sie etwas zuversichtlicher. Irgendwie würde sich alles regeln, und sie würde die Zeit genießen, egal, was danach kam.

Er nahm ihr den Koffer ab, legte ihr die Hände auf die Schultern und sah ihr ins Gesicht, so lange, dass es ihr fast peinlich war.

„Hallo, Martin."

„Komm", sagte er. Er nahm ihren Koffer und sie trottete ihm hinterher.

Die Suite im Hotel war wunderschön. Moderne teure Designmöbel ohne einen Hauch alpenländischer Gediegenheit, ein riesiges weißes Bad und überall teure Leuchten. Er hatte ihren Koffer abgestellt, seine Jacke ausgezogen. Sie stand verloren und fremd in dem großen Raum. Und wie beim ersten Mal trat er hinter sie, sie spürte seinen warmen Atem auf ihrem Hals, er küsste ihren Nacken, ihre Schultern, ihre Arme.

Mamas Kommentar allerdings blieb heute aus.

Am nächsten Morgen

Das Bett neben ihr war leer. Sie hörte ihn im Badezimmer.

„Guten Morgen, gnädige Frau." Er war noch nackt und verneigte sich. Es sah genauso albern aus wie beim ersten Mal.

„Du hast lange geschlafen. Wir müssen jetzt nach unten, sonst bekommen wir kein Frühstück mehr."

Er schaute ihr nach, während sie ins Bad ging.

„Darf ich Ihnen Kaffee bringen?"

Der Ober sprach hier hochdeutsch und den Tee brühte man sich am Samowar selbst. Großes Frühstück hieß hier Büffet mit vier verschiedenen Eierspeisen, frische Früchte, drei Sorten Müsli, Unmengen unterschiedlicher Brotsorten und Aufstriche. Sie fühlte sich trotzdem unwohl, beklommen. Martin schwieg, irgendwann holte er sich eine Tageszeitung und begann zu lesen.

„Hallo, Martin." Sie tippte mit dem Finger auf seine Zeitung. Er nahm sie herunter und fing an zu lachen.

„Na, endlich sagst du was. Ich hatte schon Angst, wir würden den ganzen Tag nichts mehr miteinander sprechen und nur abends ein Paar sein."

Sein Lachen gefiel ihr, aber der kleine Hinweis verdarb es ein bisschen.

„Was machen wir heute? Es ist so schönes Wetter. Ich hätte Lust, mit dir zum ‚Blauen See' zu gehen, da war ich … ."

Sie brach den Satz ab, sie wollte nicht an ihren ersten Aufenthalt erinnern.

Wanderung

Sie hatte Wanderschuhe und einen Anorak mitgebracht. Nicht die neuesten Modelle und für dieses Hotel nicht das Adäquate, aber immerhin sah sie neben dem perfekt ausgestatteten Martin nicht mehr komisch aus.

Wieder wollte eine Unterhaltung nicht so recht in Gang kommen. Martin ging links von ihr und eigentlich hätte er ihre Hand nehmen müssen. Liebespaare halten sich immer an der Hand. Aber wenigstens erzählte er etwas über die Kühe, die im Abhang grasten, den Almabtrieb im Herbst und dass die Murmeltiere, deren Fiepen sie ab und an hörten, ein interessantes Sozialverhalten hätten. Als der Weg sich nach links zum See hinunter wendete, nahm er endlich ihre Hand.

„Schau mal, kennst du die roten Beeren da vorn? Ob man die wohl essen kann?", fragte sie.

Er beugte sich hinunter, nahm ein paar Beeren und zerrieb sie auf seiner Hand. Er roch daran, noch einmal. Er pflückte einige Beeren, legte sie auf ihre geöffnete Hand und sagte: „Ich kenne sie zwar nicht. Aber du kannst sie getrost essen."

Sie hatte ihn wohl völlig verwirrt angesehen. „Ich kann riechen, ob die Beeren giftig sind oder nicht. Du kannst dich auf mich verlassen", sagte er. Und, wohl mehr, um ihr Sicherheit zu geben als, weil er selbst Hunger auf die Beeren verspürt hätte, nahm er einige Beeren und aß sie.

Wieder schimmerte unten der See, und als sie auf der Bank saßen, wehte ein würziger Lärchenduft vom Abhang herunter. Er legte den Arm um ihre Schulter, drehte ihr Gesicht zu sich, betrachtete sie und dann, endlich, küsste er sie.

„Wenn die Leute da hinten nicht wären, wär's schön, hier nackt zu schwimmen. Meinst du nicht, Martin?"

Er blickte sie an, er sah unendlich traurig aus in diesem Moment, dann schüttelte er leicht den Kopf.

Er stand auf, irgendetwas schien ihn verstimmt zu haben.

„Lass uns gehen, auf dem Rückweg erkläre ich dir die Alpenflora, du scheinst dich ja für Pflanzen zu interessieren.

Seine Erklärungen und Hinweise waren interessant, aber sie hätte lieber seine Hand gehalten.

Der Abend und die Nacht, das war die Zeit, in der sie Nähe spürte, in der sie fast glücklich war. Sie wollte noch ein bisschen warten, mit der Wahrheit. Wahrscheinlich war dann alles verdorben, vorüber. Einen kleinen Aufschub würde sie sich noch gönnen.

Nach der Nacht

Er hatte am Morgen wohl einen Spaziergang gemacht. Sein Bett war schon leer, als sie um fünf Uhr aufgewacht war. Jetzt saßen sie beim Frühstück und waren aufgrund der frühen Zeit die einzigen Gäste. Sie würde nur Kaffee trinken, sie hatte keinen Appetit. Martin, der sonst sehr wählerisch war, ging heute immer wieder zum Büffet, lud sich kleine Häppchen der verschiedensten Speisen auf seinen Teller und schnüffelte daran. Schnüffelte wie ein Schaf, was lustig gewesen wäre, hätte es sich bei dem Schaf um ein Schaf und nicht um Martin gehandelt. Gottseidank waren noch keine anderen Gäste im Frühstückssaal. „Heute Morgen hast du endlich mal ein bisschen Hunger, nicht?" Martin verstand den Wink sofort. Er ging nicht noch einmal zum Büffet, sondern holte sich die Tageszeitung und schwieg.

„Du weißt wohl gar nichts von Heimann, stimmt's?", sagte er, als sie oben im Hotelzimmer waren.

„Was meinst du damit?"

„Er hat dir nicht gesagt, warum du mich wieder nach München lotsen sollst? Warum er ein solches Interesse an einem Angestellten hat, der seit einem Jahr aufgrund gesundheitlicher Probleme krankgeschrieben ist?"

„Nein."

„Ich bin ein seltenes Exemplar, ein Alien sozusagen. Mit Fähigkeiten, die für Heimann lukrativ und für mich unerträglich sind."

Er setzte sich aufs Bett und starrte ins Leere.

„Willst du mir nicht erklären, was du damit meinst, Martin?

Er blickte sie an, als ob er von irgendwoher ganz weit zurückkäme, begann aber wieder zu reden.

„Hyperosmie. So nennt man das. Ich war Forschungsdirektor in einem Projekt für die Ausbildung von Hunden als Drogenschnüffler, Tumorhunde, Lebensmitteldetektive. Harro ist mein eigener Hund, aber ich habe ihn mit ausbilden lassen. Und ich habe immer intensiv mit ihm geübt, auch zuhause, in den Ferien, jeden Tag. Es war wie eine Obsession. Und irgendwann stellte ich fest, dass ich selbst einen Geruchssinn entwickelt hatte, der dem meines Hundes ähnelte. Harro ist zwar immer noch viel besser als ich, aber ich kann verschiedene Krankheiten riechen, Nahrungsmittelzusätze erkennen, Gerüche differenzieren, die andere Menschen gar nicht wahrnehmen können. Und das ist mein Problem und Heimanns Interesse an mir, und an Harro natürlich. Er hat Angebote von höchsten Stellen, vor allem aus dem Ausland, die meine und Harros Fähigkeiten ausnutzen wollen. Und im Team sind wir natürlich unschlagbar, denn was Harro besser riechen kann, mache ich durch die Fähigkeit zu menschlicher Sprache wett."

Er zog seine Jacke an.

„Ich muss jetzt mal hinauf zu Harro. Du hast dich sicher schon gefragt, wo er ist. Sein Hundesitter ist bei ihm. Harro hält das auch ein, zwei Wochen mit ihr aus, aber ich muss heute mal zu ihm, damit er nicht vor Heimweh umkommt. Mach' dir einen ruhigen Tag, ich bin heute Abend wieder zurück."

Als Alien hatte sich Martin bezeichnet. Alienation, fiel ihr ein. Sie spielte oft mit Worten, lag wohl am Beruf. Alienation, Entfremdung, dachte sie.

Dämmerung, Dunkelheit

Er kam am Abend zurück. Sie hatte den Tag verschlafen. Es war so heiß gewesen und sie ein bisschen schwindlig.

Er war bester Laune, energiegeladen, aufgeräumt. Warum war er immer so schweigsam, wenn sie beide zusammen waren?

„Lass uns eine Nachtwanderung machen, Sterne anschauen, träumen." Er zog sie aus dem Bett.

„Ich bin schon den ganzen Tag so müde, Martin. Lass mich hier, du hast auch Freude daran, wenn du allein losgehst. Du bist das Alleinsein doch gewöhnt."

Er zuckte etwas zusammen. Er beugte sich über sie, sog ihren Duft ein, küsste Nacken, Schultern und Arme, dann verließ er den Raum.

Er musste in der Nacht dagewesen sein. Seine Sachen fehlten im Kleiderschrank, sein Bett war leer. Sie war ins Bad gegangen, der leichte Schwindel war in Übelkeit übergegangen. Auf dem Nachttisch fand sie seinen Brief. „Für Anita."

Sie war nicht in der Lage, den Brief zu öffnen. Sie erinnerte sich an die Scham, die sie beim ersten Mal überfallen hatte.

Sie packte ihre Sachen, checkte an der Rezeption aus, er hatte alles bezahlt. Sie verzichtete auf das Taxi, schleppte ihren kleinen Koffer zur Seilbahn und sah sein Bild vor sich, als die Bahn sie zur Talstation brachte.

Wieder zurück in München

Zwei Tage hatte sie den Brief ungeöffnet auf der Kommode liegenlassen. Bevor sie am Montag zu Heimann gehen würde, musste sie ihn öffnen. Die Badestrategie hatte sie versucht, hatte dieses Mal aber nichts geholfen. Sie fühlte sich elend, wund an Körper und Seele. Am Sonntagabend öffnete sie den Brief. Er enthielt eine kurze Notiz und ein Foto, keine gebündelten Banknoten, keine Bezahlung, wie beim letzten Mal.

„Liebe Anita,
ich kann mich nicht noch einmal binden, ich will nichts wiederholen.

Ich liebe dich,
unglücklich.
Martin"

Das Foto zeigte eine Frau, etwas älter als sie selbst vielleicht, gleichsam ihr Ebenbild. Sie drehte das Foto um.
„Für Martin in ewiger Liebe, Inga"

Wieder bei Heimann

Sie war mit der Straßenbahn gefahren. Obwohl es in München nicht mehr so heiß war, fiel ihr der kurze Weg zu Heimanns Büro schwer. Sie stieg die Stufen hinauf, etwas atemlos öffnete sie die Tür zu dem Gang, an dessen Ende Direktor Heimann residierte.

„Sie wünschen bitte?" Sie blickte in die Richtung, aus der sie die Stimme vernommen hatte. Auf dem Platz der ewig grimmigen Sekretärin saß heute ein Schönchen, blond, sehr jung, aber freundlich.

„Ich habe um 10.00 Uhr einen Termin bei Direktor Heimann."

„Einen Augenblick bitte." Die Angestellte wollte sich rückversichern, dass sie keine Unberechtigte in die heiligen Hallen vorlassen würde.

„Vielen Dank, Herr Direktor. Ich bringe die Dame in Ihr Zimmer."

Die Blonde begleitete sie bis zur Tür und ging wortlos zu ihrem Platz zurück.

Sie klopfte.

„Kommen Sie herein, Anita", rief Heimann von innen, sie wieder unbefugt beim Vornamen nennend.

Er machte sich nicht die Mühe aufzustehen, sondern wies mit der Hand auf den seinem Schreibtischsessel gegenüberstehenden Besucherstuhl.

„So ganz lange haben Sie's ja nicht bei ihm ausgehalten. Dann berichten Sie mal den Stand der Dinge."

„Viel zu berichten gibt es leider nicht. Die Kommunikation mit Herrn Palmer hat sich schwierig gestaltet und ist, in Ihren Worten zu fassen, erfolglos geblieben. Aus diesem Grunde möchte ich Sie bitten, mich aus dem neu geschlossenen Vertrag zu entlassen. Ich möchte Ihnen dabei natürlich auch entgegenkommen und biete meinen Verzicht auf die fünf

Tagessätze in Höhe von 1500 Euro an. Die Erfolgsprämie erledigt sich ja ohnehin von selbst."

„Nicht immer so schnell mit den jungen Pferden", entgegnete Heimann, dieses Mal in väterlich-jovialem Ton.

„Ich bin es gewohnt, nicht nur einen Joker zu setzen. Und deshalb, mein liebes Kind, weiß ich genau, wie die Kommunikation von Ihnen und Herrn Palmer verlaufen ist."

Er lachte.

„Damit Sie das Ganze ein bisschen besser verstehen, werde ich Sie, nachdem die Lage der Dinge sich verändert hat, ein bisschen mehr ins Bild setzen. Aber, um Wiederholungen zu vermeiden: Hat Palmer Sie bereits über seine speziellen Fähigkeiten belehrt?" Die letzten drei Worte dehnte Heimann etwas, schaute sie durchdringend und gleichzeitig verschmitzt an.

„Herr Palmer hat mich von seiner Gabe in Kenntnis gesetzt, ja."

„Wohl von seiner Gabe und seinen Gaben, nicht wahr?", fügte Heimann an.

„Martin Palmer war einige Jahre Leiter des Projektes für Hyperosmie-Phänomene. Ich nehme an, Sie wissen, was das ist. Er war besessen von seiner Aufgabe, und seine Assistentin, Inga, auch. Irgendwann hat's zwischen den beiden gefunkt und sie haben geheiratet. Er hat sie vergöttert, war nur schade, dass sie keine Kinder bekommen konnten. Ansonsten lief alles bestens, die Hunde, die sie trainiert und analysiert haben, wurden immer leistungsfähiger und die Übertragung in die Humanmedizin machte Fortschritte. Irgendwann hätte sich der ganze Forschungsaufwand auch in barer Münze für unser Unternehmen ausgezahlt. Wir hatten unzählige Anfragen, auch aus dem Ausland. Bis Harro, das war Palmers eigener Hund, den er aber hat mittrainieren lassen, ständig hinter Inga hergerannt ist und an ihr geschnüffelt hat. Die Hunde werden unter anderem als Drogen-, aber auch als Tumorhunde ausgebildet. Und Palmer, der in den Jahren fast so einen Riecher wie die Hunde entwickelt hatte, hat es auch gerochen. Inga hatte Krebs, einen sehr aggressiven, und leider war es schon zu spät. Vor einem Jahr ist sie gestorben, und Palmer hat sich krankschreiben lassen, den Hund mitgenommen und mich mit den ganzen Aufträgen hier sitzengelassen. Wie ich höre, wird er Ihnen zuliebe nicht nach München zurückkehren. Kann die Stadt und die vielen Menschen wohl nicht mehr riechen." Wieder lachte er.

„ Obwohl ich's bei Ihrem Aussehen beim besten Willen nicht verstehen kann, dass er sie ziehen lässt", fügte er hinzu.

„Wie sind Sie auf mich gestoßen? Wie haben Sie entdeckt, dass eine Doppelgängerin von Inga Palmer existiert?"

„Ach, Sie wissen es schon! Die Schimmel, meine Sekretärin, hat sie auf dem Viktualienmarkt gesehen. Jeder Mensch hat auf der ganzen Welt insgesamt nur sechs Doppelgänger, auf der ganzen Welt, stellen Sie sich das mal vor. Und Sie laufen hier in München rum. Sie war dumm genug, es im Büro herum zu tratschen. Hab' die Schimmel jetzt zu Palmer hingeschickt, die kann gut mit seinem Hund. Sie war eigentlich immer hinter Inga her, manche Menschen sind eben." Er unterbrach sich. „Also, jetzt ist sie hinter Palmer her, vielleicht, weil er sie an Inga erinnert."

„Ich hatte den Eindruck, dass Herr Palmer von Anfang an über mich informiert war."

„Den Verdacht habe ich auch, habe ich im Laufe der zwei Wochen bekommen. Sie muss gesungen haben. Ich hab' ihr mit Kündigung gedroht, wenn sie nicht pariert. Ja, und da haben Sie meinen zweiten Joker, ich plane immer robust. Sonst, glauben Sie mir, wäre ich hier auch nicht Direktor geworden."

„Herr Heimann", den Direktor ließ sie bewusst weg, „ich habe doch dann gar keinen Nutzen mehr für Sie. Darf ich also auf meinen ursprünglichen Vorschlag zurückkommen und Sie erneut bitten, mich aus unserem Vertrag zu entlassen?"

„Robuste Strategien, mein Kind, sind Strategien, die sich für mehrere Lösungsalternativen eignen. Sie können ihn mir zwar nicht zurückbringen, das ist wohl richtig, aber Sie werden bezeugen, dass seine Krankschreibung eine Farce ist, weil er in der Lage ist, sich höchst gesund in den Bergen zu vergnügen. Und Ihre Aussage, Kindchen, ist erheblich mehr als 1500 Euro wert, glauben Sie mir."

Sie wusste, wann Widerspruch sinnlos war. Sie stand auf und wandte sich zur Tür.

„Ich komme dann auf Sie zu, wenn es soweit ist", sagte Heimann. „Und gehen Sie mal zum Arzt, Anita, Sie sehen wirklich schlecht aus, man erkennt Sie ja kaum wieder."

Sie ging an der freundlichen jungen Frau vorbei, nickte ihr kurz zu, schlich die Treppen hinunter. Sie war schweißgebadet und befürchtete sich erbrechen zu müssen.

Diagnose
„Ich will nichts wiederholen."

Je länger sie über Martins Worte und die Tatsache, dass er sie so abrupt verlassen hatte, nachdachte, desto aufgeregter wurde sie.

„Und gehen Sie mal zum Arzt, Anita, Sie sehen wirklich schlecht aus, man erkennt Sie ja kaum wieder." Das hatte Heimann bemerkt.

Martin konnte Krankheit riechen, konnte Tod riechen. Ahnte er ihren und wollte sich deshalb dem Abschiednehmen nicht noch einmal aussetzen? Wollte er sich deshalb nicht noch einmal binden, weil er nicht noch einmal verlieren wollte?

„Freedom is just another word for nothing have to lose."

Er hätte Janis Joplin hören sollen.

Sie selbst war anders.

Das Bild der Kühe. Die auf den Almen, die mit ihren schweren Hufen über die Erde trampelten und sich gleichzeitig an dieser Erde festhielten. So war sie. Ballast mitnehmen, Menschen und Dinge, die einen beschwerten und anstrengten, aber verwurzeln ließen in dieser Welt. Lieber einen Augenblick besitzen, lieber Schmerzen ertragen, wenn es vorbei war, aber sich festkrallen ans Leben, sich festhalten an den Felsen wie die rosa Alpenblumen, die sie in den Felsspalten auf ihrer Wanderung entdeckt hatte.

War kurz, war schön, Martin, dachte sie.
Trotzdem, die Erinnerung würde bleiben.

Beim Arzt

„Kommen Sie herein, Frau Rehbein. Nehmen Sie Platz."

Der alte Doktor schien es nicht eilig zu haben. Man nahm ihm ab, dass er alle Zeit der Welt für seine Patienten übrig hatte.

„Dann berichten Sie mal, was Sie zu mir führt!", begann er das Gespräch.

„In der letzten Zeit geht es mir schlecht. Mir ist übel, manchmal muss ich erbrechen, mir ist schwindlig, und ich habe keinen Appetit. Das war früher völlig anders und deshalb sorge ich mich."

Er schaute auf ihre Karte.

„Sie sind zum ersten Mal hier?"

„Ich bin erst vor kurzer Zeit nach München gezogen, und jetzt brauche ich einen neuen Hausarzt."

„Geboren sind Sie 1974, da sind Sie also 41 Jahre alt. Nehmen Sie regelmäßig irgendwelche Medikamente?"

„Nein, nein, ich war aber auch bisher immer gesund. Ich kenne das gar nicht, dass ich mich so elend fühle."

„Sie sind unverheiratet, entnehme ich. Verzeihen Sie, dass ich etwas indiskret bin, aber, haben Sie momentan einen Freund?"

Sie wusste, dass sie bei solchen Themen immer noch rot anlief.

„Ich habe keinen festen Freund."

„Aber Sie leben doch nicht im Zölibat, nehme ich an?"

„Ich hatte in den letzten Wochen eine Affäre, aber die ist beendet."

„Nun, dann gehen Sie mal zu Frau Wegener da vorn, lassen Sie sich ein Gefäß geben, damit sich der alte Doktor ein Bild machen kann. Im Urin kann man schon sehr vieles feststellen."

Er ging mit ihr zur Tür, verwies sie an Frau Wegener und sagte „Bis nachher!"

Man hatte sie ins Wartezimmer geschickt. Je länger sie sich gedulden musste, desto schwindliger wurde ihr. Ihr war so schlecht! Als sie nach einer halben Stunde endlich ins Arztzimmer gerufen wurde, war sie auf einiges gefasst.

Der alte Doktor schien recht heiter. Aber ihn selbst betraf es ja nicht, was er ihr jetzt eröffnen musste.

„Was erwarten Sie denn, meine Liebe, was der Doktor Ihnen jetzt mitteilen wird?"

Sie lächelte angestrengt, bemüht, locker zu erscheinen.

„Na, ich hoffe natürlich, dass ich nicht schwer krank bin und dem Tod ins Auge sehen muss."

Ihr gequältes Lächeln war sicher alles andere als überzeugend.

„Im Gegenteil, meine liebe Frau Rehbein. Sie sitzen hier zu zweit vor mir, ein kleines und ein großes Rehbein. Sie sind schwanger, was in Ihrem Alter durchaus eine tolle Leistung ist. Ich hoffe, Sie freuen sich."

Sie war total verblüfft und hatte ihn wohl völlig verständnislos angesehen.

„ Sie haben sich anscheinend nicht vorgesehen. Solange man noch nicht in den Wechseljahren ist, schlägt einem die Natur gern mal ein Schnippchen. Die ist auf Leben und Fortpflanzung ausgelegt, die lässt sich nicht so gern dreinreden."

„Aber, der letzte Gynäkologe … ", hatte sie sagen wollen. Aber solche Auslassungen waren ja nun überflüssig, sie wusste, wann Widerspruch sinnlos war.

Herz, Hand, Hirn

Verblüffung und Verständnislosigkeit wichen, als sie im Bus nachhause fuhr, der Euphorie. Sie würde etwas ganz für sich haben. Ein Kind, das sie unendlich viel Energie und Kraft kosten würde, das sie oft beschweren, aber immer im Leben festzurren würde.

Ihr erster Gang zuhause war der ins Badezimmer.

Sie musste erbrechen. Das dauerte eine Zeitlang.

Als es vorüber war, ging sie zum Bücherbord, entnahm den Liebesroman, die tragikomische Liebesgeschichte, und pfefferte das Buch in den Mülleimer der Küche. Von Tragödien und Dramen, selbst wenn sie komisch waren, wollte sie zukünftig weder etwas hören, sie würde sie nicht lesen und hoffentlich würde sie keine erleben.

Sie nahm die Informationsmappe, wählte die Nummer von Heimanns Büro.

Die Hübsche war dran.

„Hallo, Frau?"

„Frau Sammer am Apparat. Wer spricht denn da?"

„Rehbein, Anita Rehbein, Frau Sammer. Ich war vorhin bei Direktor Heimann und habe den Zettel mit seiner Handynummer auf seinem Schreibtisch vergessen. Können Sie mir die Nummer freundlicherweise geben?"

„Tut mir leid, da muss ich erst Herrn Direktor Heimann um Autorisation bitten. Und der Herr Direktor ist momentan im Gespräch."

„Frau Sammer, es geht hier um ein Menschenleben. Was glauben Sie, wenn Sie durch Ihre unangemessene, unemanzipierte Ängstlichkeit sich eine solche Verantwortung auf die Seele laden. Und was wird Herr Heimann zu solcher Unselbständigkeit sagen?"

Am anderen Ende blieb es für einen Moment still. Sie konnte Frau Sammers Gedanken förmlich hören.

„Haben Sie einen Zettel zur Hand? Ich diktiere."

Die erste Hürde war genommen.

„Ja, wer spricht denn da?", sagte Heimann in unwirschem Ton.

„Anita Rehbein."

„Ja, sagen Sie mal, wie sind Sie denn an meine Nummer gekommen? Das wird für den Verantwortlichen Folgen haben. Wo kommen wir denn hin, wenn jeder Hinz und Kunz glaubt, mich mal so mir nichts dir nichts einfach anrufen zu können?"

„Ich bin nicht jeder Hinz und Kunz, Herr Heimann, sondern Frau Anita Rehbein. Zweitens ist der Anlass nicht mir nichts dir nichts, sondern ein Vorschlag, der Ihnen sicher etwas wert sein wird."

„Na, da bin ich aber gespannt, was Sie mir jetzt noch Wichtiges erzählen könnten. Schießen Sie los!"

„Sie sind doch an Harro noch mehr interessiert als an Palmer, nicht wahr?"

„ Das könnte man fast so sagen."

„Wenn ich Herrn Palmer nun davon überzeugen könnte, Ihnen Harro in der Woche fürs Institut zu überlassen. Frau Schimmel könnte ihn abends vielleicht mit nachhause nehmen, und am Wochenende wäre er wieder bei seinem Herrn."

„Ist mir rätselhaft, wie Sie das anstellen wollen, aber versuchen können Sie's meinetwegen."

„Tagessatz bleibt gleich, Prämie im Erfolgsfalle erhöhen Sie um tausend, der Hund ist ja ohnehin viel mehr wert, stimmt's?"

Kleine Pause. Dann sagte Heimann: „Frau Rehbein, haben Sie das Reh bei Ihrem Arzt gelassen, oder was? Sie verhandeln echt beinhart, kleiner Wortwitz, liebe ich dann und wann. Aber nicht ungeschickt, das gebe ich neidzerfressen zu. Soll ich Ihnen die Erhöhung der Erfolgsprämie noch schriftlich bestätigen?"

„Nicht nötig, Herr Heimann, bei Ihnen als Vollkaufmann gilt ja auch das gesprochene Wort. Guten Tag."

Sie zitterte am ganzen Körper, hoffentlich würde ihr Mumm noch für Martin ausreichen.

Fortsetzung

„Hallo Anita."

Er hatte ihre Nummer also immer noch präsent.

„Ich muss dir etwas mitteilen, Martin. Keine Angst, ich habe deinen Brief gelesen. Ich bin heute um 22.00 Uhr wieder in Meran. Ich fahr mit dem Taxi zum Hotel, du brauchst mich nicht abholen, aber bring Harro mit. Und Anneli Schimmel lass bitte zuhause bei dir auf dem Hof."

„Bist du wütend, du klingst so verändert, wie ein anderer Mensch."

„Ich hoffe, das ist ein Kompliment. Also bis heute Abend, so etwa 23.00 Uhr, ja?"

Als er zu lange schwieg, legte sie auf.

Zu den Bergen, Fortsetzung

Im Zug nach Meran wurde ihr wieder angst und bange. Sie hatte ziemlich hoch gepokert, nicht das kleine Frauchen gegeben, das erhört und auf einem weißen Pferd zur Burg getragen werden will. Weißes Pferdchen, klar, die Schimmel hatte ihm alle Informationen von Anfang an hintertragen. Wenn er nun gar nicht kam? Andererseits, was hatte sie mit dem bisherigen Weibchengesäusel in ihrem Leben erreicht? Weniger als nichts. Sie war nach wie vor arbeitslos und einen Mann hatte sie auch nicht abgekriegt, sondern lediglich einige Affären, die im Nebel versunken waren.

„Unangemessene, unemanzipierte Ängstlichkeit", hatte sie Frau Sammer vorgehalten. Wenn diese Eigenschaften für jemanden zutreffen, dann für ihr früheres Selbst, das nun erst ganze sechseinhalb Stunden überwunden war.

Im Hotel

Sie saß schon in der Lounge, als er mit Harro eintraf. Sie stand auf, legte Martin flüchtig eine Hand auf die Schulter, dann bückte sie sich und streichelte den Hund.

„Harro, sitz. Guter Hund", sagte er.

„Lass ihn doch. Ich mag Hunde."

Sie zog ihren Sessel zu Harro heran.

Martin blickte abwechselnd sie und den Hund an, beobachtete sie.

Déjà-vu. Er wartete. Aber das Tier blieb völlig ruhig, streckte sich jetzt auf dem Boden aus und legte seine Schnauze auf den Teppich.

„Der Hund hat recht."

„Was meinst du damit?", fragte er.

„Hast du nicht am letzten Morgen gedacht, du riechst die Krankheit in mir, so wie du den Tumor bei deiner Frau gerochen hast, so, wie der Hund ihn vor dir entdeckt hat?"

Er blickte sie traurig an.

„Ich habe deinen veränderten Geruch sofort wahrgenommen. Diese Gabe, dieser Fluch, der mich begleitet und mir das Leben in der menschlichen Gesellschaft verleidet. Ich kann riechen wie ein Hund, ich rieche, wenn Menschen krank sind, ich rieche, wenn sie sterben müssen. Und deshalb habe ich mich auf meinem Hügel verkrochen, damit ich nur noch die klare Luft und die Pflanzen riechen muss. Ich kann das Ganze nicht noch einmal durchmachen, ich habe Inga noch nicht vergessen, und jetzt."

Er unterbrach sich.

„Martin, du hast dich geirrt. Ich bin nicht krank. Ich habe anders gerochen, bestimmt. Aber nicht wegen eines Tumors oder gar dem Tod."

„Warum dann?"

„Ich bin schwanger, ich bekomme ein Kind von dir, Martin."

Er blickte sie an. Warum schwieg er, warum sagte er nichts?

Als sie Tränen über seine Wangen rinnen sah, gab sie ihm ein Taschentuch.

Und dann, endlich, nahm sie seine Hand.

An der Rezeption
Oskar Winterhof aus Osnabrück schlug auf die Glocke.

Meine Güte, selbst in solch einem Hotel musste man sich über das Personal ärgern.

Aus der Lounge kam ein älterer Herr angeschlurft, er legte seine Tageszeitung, die er wohl bis jetzt studiert hatte, auf den Tresen.

„Sie wünschen's, bittschön?"

„Falls Sie zu diesem Hotel gehören, könnten Sie freundlichst den Rezeptionisten holen, ich möchte abreisen. Und nicht erst übermorgen, die letzte Seilbahn geht in fünfzehn Minuten."

„Melde gehorsamst, der Herr, vor Ehna steht der Aushilfsrezeptionist."

„Ich möchte auschecken, guter Mann. Meine Rechnung bezahlen. Und Sie dann bitten, mir einen Boy zu besorgen."

„Des mit der Rechnung, des ham mir glei. Aber des mit dem Boy, da müssten's Ehna an jemand anders wenden. Für sowos bin i net zuständig."

„Ich möchte einen Boy fürs Gepäck."

„Ah so, des kemm mer macha. Da werd' i glei dem Pietro Bescheid gebn."

„So, dankschön. Unn des Schweinderl für's Personal, des hätt mer da drüb'n.

Der Pietro, der kimmt glei. Der is imma a bisserl langsam. Aber oftamal is er pünktlich.

„Wia hot's ehna denn hier heroben g'fall'n?"

„Guat, guat." Oskar Winterhof verfiel schon selbst in diesen Südtiroler Singsang.

„Das Wetter hat ja mitgespielt, und die Animation durchs Hotel war auch phantastisch. Und für Leute meines Alters geeignet. Ach sagen Sie, der Führer, dieser ältere Mann, der manchmal in der Kiepe ein Kind dabei hat und die Kräuter- und Pflanzenwanderungen macht, das ist ja ein, ja, wie soll ich sagen, ganz besonderer Mann."

„Des kenna's laut sagn, mei liaba Herr."

„Wissen Sie, als der uns geführt hat, da konnte der riechen, ob Pflanzen giftig sind oder nicht. Ein Phänomen. Und der wirkte andererseits wie, wie ein Herr eben. Und er redete, als ob er nicht von hier ist. Kennen Sie seine Geschichte?"

„Un ob i die kenn! Darauf kenna's ehna verlosn"

„ Die jüngere Frau, die er mal dabeihatte, die war wirklich schön. Ist sie die Frau von dem alten Schlawiner? Verraten Sie doch mal ein bisschen was!"

„Wenn's die G'schiachtn hörn täten wollen, da täten's hier no geschlag'ne vierzeh Tag vor meim Tresen hucke, unn da hätt i's Ehna immer no net zum End verzählt. Un wissen's wos, der Pietro, der kimmt heint amal net so pünktlich, des merk i scho, derawegn müssten's Ehna jetzt kräftig schleicha. Wenn's die Bahn no erreichen wollen täten. Wenn's mal wiada do san, do könnt i a bissele weiter verzähl'n.

Pfiat-Ehna, gell?"

Frau P bei Herrn P

Frau P atmet tief ein, streckt sich ein bisschen
 Sie klopft an die gepolsterte Tür.
 Ob man sie drinnen hören kann?
 So richtig kräftig klopfen, das will sie nicht.
 Sie wartet einen Moment. Rührt sich drinnen etwas?
 Sie versucht es noch einmal, ein bisschen fester geht schon.
 Die Tür öffnet sich.
 Ein großer Mann im weißen Kittel, ein Herr.
 „Kommen Sie herein, ich hatte Sie bereits erwartet."
 Frau P schaut verstohlen auf ihre Armbanduhr. Zwei Minuten ist sie zu früh. Sie schweigt.
 „Bitte", der Herr zeigt auf die beiden Stühle, „Sie dürfen sich Ihren Platz aussuchen!"
 Frau P schmunzelt. Das wollte sie schon immer mal gern. Den Doktor spielen.
 Sie nimmt auf dem Doktorstuhl Platz.
 Herr P klatscht zwei Mal in die Hände, sein Blick durchbohrt sie. Schnell erhebt sich Frau P und eilt auf die andere Seite des Schreibtisches.

„Sie wissen wohl nicht, wo Ihr Platz ist? Leiden unter Anpassungsschwierigkeiten, wie?"

Herr P setzt sich auf seinen Thron, Frau P steht noch.

Anscheinend war das ein Test, sie hat's nur nicht gewusst.

„Wollen Sie nicht endlich Platz nehmen? Sind Sie immer so unsicher? Wer zum Arzt kommt, sollte ein bisschen Mut mitbringen, finden Sie nicht?"

P und P setzen sich auseinander
„Sie haben eine Angsterkrankung."

Warum sagt er das jetzt? So schnell will er wissen, was jemanden quält? Soll man ihm gar nichts erzählen? Kann er mit Röntgenaugen in Köpfe schauen?

„Ihr Verhalten. Wie Sie da so zaghaft an die Tür klöpfeln, nicht wagen, sich hin zu setzen, und ständig sehen Sie mich entgeistert an, jetzt auch wieder! Meine Güte, reißen Sie sich doch mal ein bisschen zusammen, so ein Gesichtsausdruck raubt einem ja den letzten Nerv!"

Ob sie ihm sagen soll, was der Professor gesagt hat?

„Sind Sie eigentlich immer so passiv? Sie sitzen jetzt schon zehn Minuten hier und haben noch kein Wörtchen heraus bekommen. Vermutlich handelt es sich bei Ihnen um eine aggressiv-gehemmte Angsterkrankung."

„Da Sie mich auffordern, nun etwas zu sagen, Herr P – ich war schon bei anderen Ärzten. Der Herr ..."

„Ach, Sie wollen mir mit diversen Befunden kommen.

Ich lasse mir von anderen Ärzten nicht hineinpfuschen, ich verstehe nämlich mein Handwerk. Der, nun ja, den Namen brauchen Sie ja nicht zu wissen, der hat auch immer geglaubt, er könnte an meinen Diagnosen rumkritteln. Dem hab' ich's aber gezeigt, das kann ich Ihnen sagen. Wie dem auch sei - wenn Sie anderen mehr vertrauen, warum kommen Sie dann heute zu mir?"

Warum reagiert er so aggressiv? Vielleicht hat er eine böse Mama gehabt? Oder er ist mit seinem Aussehen unzufrieden? Vielleicht sollte sie ihn erst einmal danach fragen, damit er sich aussprechen kann.

„Und wenn Sie wüssten, wieviel Probleme auch so ein Therapeut mit sich rumschleppt. Allein diese ganze Qualitätssicherungsscheiße heute in den Kliniken, dieser ständige Druck, Leistung zu bringen. Dauernd wird man bewertet und Spitzel schleichen in den Gängen herum, um einen auszuhorchen."

Der Professor hat ihn also nicht informiert.

Frau P spricht

„Herr P, es tut mir unendlich leid, aber ich bin verpflichtet einige Fragen zu stellen."

Der Doktor fängt an zu lachen.

„Sagen Sie mal, auf welchem Planeten leben Sie denn, gute Frau? Ich denke ", er mustert sie, „auch um 1960 war es schon so, dass der Arzt fragt und der Patient antwortet. Im meiner gesamten Laufbahn ist mir noch nie jemand mit solchem Realitätsverlust begegnet."

Frau P erhebt sich.
„ Herr Doktor, unsere Zeit ist leider vorbei. Bevor ..."
Schallendes Gelächter.
„ ich für die Qualitätsprüfung die Ergebnisse an Professor S übergebe, sende ich Ihnen das Gedächtnisprotokoll unseres heutigen Treffens vorbei."

Anscheinend war das ein Test, aber er hat's nicht gewusst.

Persönlichkeiten

Zum Beispiel meine Tante Lotte.

Die Beschäftigung mit ihr ist lohnend.

Alleinstehend, kinderlos, wohlhabend. Ich bin nach meinem Dafürhalten ihre Lieblingsnichte. Ich besuche sie regelmäßig.

Langweilig, langatmig, langwierig. Das sind die Besuche bei ihr. Tante Lotte wird im Mai zweiundachtzig und hat hunderttausend Marotten. Ist im Kopf aber noch fit. Für meine Begriffe überschätzt sie sich etwas.

Mein letzter Besuch im April war ein echter Knaller. Unglaublich. Lassen Sie mich die Geschichte erzählen.

„Hallo Kind, da bist du ja wieder", begrüßte sie mich. Das hätte mich warnen müssen. Aber sie hatte mich eingelullt, weil sie eins der Wörter vergessen hatte, das sie alternativ einsetzt. „Schon" oder „mal". Sie war auf Krawall gebürstet, ich aber noch ohne Arg. Sie bat mich ins Esszimmer, bot mir einen Platz an. Der Tisch war übersät mit politischen Büchern. Ich ahnte Schreckliches. Sie war voll mit diesem angelesenen Mist und außer mir war niemand da, den sie mit ihrem Gelaber vollsülzen konnte. Ich wusste natürlich, was sie erwartete und erkundigte mich scheinheilig. Damit war die Büchse der Pandora geöffnet.

„Auch gute Milch wird sauer, wenn man nicht aufpasst."

Ich kenne diese sibyllinischen Andeutungen von Tante Lotte. Ist eine ihrer gemeinen Strategien, um andere Leute strotzdumm aussehen zu lassen. Der Sinn solcher Sprüche, irgendwelcher dämlicher Bilder, erschließt sich einem erst später oder eben gar nicht. Ich fragte nicht nach. Den Triumph wollte ich ihr nicht gleich am Anfang gönnen.

„Was hattest du denn heute Mittag zum Essen?", versuchte ich eine unverfängliche Unterhaltung in Gang zu bringen. Ich hätte es besser wissen können. Wenn Tante Lotte erst mal auf dem Politisiertrip ist, da hältst du sie nicht mehr auf.

„Weißt du was, Kindchen? Ich hab' heute lange über Abkürzungen nachgedacht."

Ich verstand die Kenntlichmachung der Verachtung durch die Benutzung der Verkleinerungsform natürlich sofort. Ich werde im Mai fünfzig, da ist selbst die Verwendung des Wortes „Kind" etwas inadäquat. In der Schule habe ich gelernt, dass man sich auf sein Gegenüber beziehen soll. Sonst entsteht keine Kommunikation. Das hätte ich Tante Lotte auch gerne mal erklärt. Das macht sie aber immer so. Über Fragen weggehen, die ihr nicht in den Kram passen. Auf die antwortet sie einfach nicht und labert irgendwas weiter. Ich finde das gemein. Aber ich hab mich ja zu ducken, aufmucken kann ich nicht. Wegen der Zukunft, ich hab's Ihnen ja vorstehend schon erklärt.

„Abkürzungen", fuhr sie ungerührt weiter fort, „sind eigentlich nützlich, weil sie den Weg zum Ziel verkürzen können. Aber sie sind auch gefährlich."

Ich schwieg. Ich weiß, dass Tante Lotte sich am liebsten selber reden hört. Die ist ganz besoffen von ihren eigenen Gedanken. Ich wartete und wusste, dass sie mich sowieso weiter belehren würde. Also stellte ich meine Ohren auf Durchzug und visualisierte meine geplante Urlaubsreise in die Berge.

„Wir können ja mal ein Spiel aus dem Nachdenken machen", sagte Tante Lotte. „Dann ist dir das Nachdenken nicht so langweilig."

Als ob mir Nachdenken langweilig wäre! Ich denke nur einfach über andere Sachen nach als Tante Lotte. Ich hätte ihr gerne mal Bescheid gegeben für diese Unterstellung, aber ich bin zukunftsorientiert.

„Also, was stellst du dir unter der Abkürzung PK vor?"

„Persönlichkeit vielleicht", riet ich.

„Weiter!", feuerte mich Tante Lotte an.

„Pratkartoffeln?"

„Das wäre neue Rechtschreibung. So schnell geht das nicht, Kindchen."

Ich schwenkte widerwillig auf ihr Lieblingsterrain ein.

„Parteienkürzel?"

„Warm", half Tante Lotte.

„Politische Korrektheit", warf ich ihr den Brocken hin, weil ich weiß, dass das einer ihrer Hauptaufreger ist.

„Heiß. Du hast schon den ersten Teil rausgefunden."

Ich war bereits jetzt total erschöpft. Von wegen, ein Spiel erleichtert das Nachdenken!

Mein Zögern, mein temporäres Schweigen war anscheinend zu viel für Tante Lotte.

„Parteilichkeit", brach es triumphierend aus ihr heraus.

Unter einem phänomenalen Knaller stelle ich mir etwas anderes vor. Hab den Begriff noch nie gehört Was soll das bringen? Solche Abkürzungen. Da verwechselt man doch alles. Stellt sich völlig falsche Sachen drunter vor.

Ich äußerte dementsprechend: „Von dem Begriff habe ich noch nie etwas gehört."

„Eben. Du bist zu jung dafür, Kindchen. Das hat was mit richtiger und falscher Wahrheit, mit richtigem und falschem Bewusstsein zu tun. Das war bei uns im Osten so."

Das war ihre vorletzte Kleinmacherstrategie an jenem Nachmittag. Mir mangelnde Erfahrung vorwerfen und dann ableiten, ich sei unterbelichtet. Andeuten, dass ich ein Dämlack bin.

„Was hältst du von einem Café-Besuch, Tante Lotte?" Ich wollte endlich auf ein anderes Thema kommen. Und unvermittelt was anderes sagen, die Strategie war mir durch Tante Lotte bestens bekannt. Die konnte ich auch mal für meine Zwecke verwenden.

„Was und wem soll das nützen?", stellte Tante Lotte eine völlig hirnrissige Gegenfrage.

„Deine Frage verstehe ich in diesem Zusammenhang nicht", erwiderte ich ihr deshalb. Und gab damit natürlich ungewollt Unwissenheit zu.

„Die Frage stelle ich bei allem und bei jedem, mein Kind. Aber lass uns jetzt mal Kaffeetrinken gehen. Das Politisieren wird mir zu viel."

Meine Tante Lotte ist ein echter Nervkeks.
Aber die Beschäftigung mit ihr ist lohnend.

Beste Freundinnen

Sybille drückt den Klingelknopf.
„Hallo? Ach du, Sybille! Du kannst draußen warten, ich ziehe nur noch die Lippen nach."
Vor Karins Haus tritt Sybille von einem Fuß auf den anderen. Warum hat sie statt der Stiefel diese albernen Pumps angezogen? Der helle Trenchcoat ist für März auch nicht geeignet. Weshalb hat sie sich breit schlagen lassen, Karin beim Kauf der neuen Frühjahrsgarderobe zu begleiten?
Nach einigem Warten drückt Sybille den Klingelknopf zum zweiten Mal.
„Dauert es noch lange? Sonst geh' ich kurz ins Auto zurück. Mir ist kalt."
„Ach, sieht so freundlich aus. Dann muss ich mich noch mal umziehen. Falls du willst, könntest du reinkommen. Aber Gudrun war noch nicht da, bei mir sieht's echt schrecklich aus."
„Ich kann im Auto auf dich warten", erwidert Sybille.
„Ich steh' an der Ecke."
„Dann können wir gleich mit deinem alten Hasenkas-

ten fahren. Für die kurze Strecke macht's mir nichts aus. In fünf Minuten bin ich da."

Sybille weiß, dass Karins Fünf-Minuten sich stets zu mindestens fünfzehn Minuten auswachsen. Sie startet das Auto, dreht die Heizung auf und schaltet das Radio ein. Die Nachrichten und die Verkehrshinweise sind schon vorbei, als Karin endlich auf dem Beifahrersitz Platz nimmt.
„Liebe Güte, was für eine Affenhitze ist das hier drin!", stöhnt sie. „Eigentlich solltest du dein Auto beim Parken nicht laufen lassen. Du weißt schon, dass das zur Umweltverschmutzung beiträgt, oder?"

Sybille schweigt, auch den Rest des Weges bis zum Parkhaus. Als der Parkschein gezogen ist, bemerkt Karin: „Die Gebühren teilen wir uns nachher aber. Ich gebe dann auch was dazu."
„Willst du zum Zeh und Ah oder zum Peh und Zeh?", fragt Sybille, um den richtigen Fußweg einzuschlagen.
„Ich geh' doch nicht zum Zeh und Ah, mein Gott! Natürlich zum Peh und Zeh, und wenn ich da nichts finde, können wir ja morgen noch zu ein paar Boutiquen in Frankfurt fahren, da kommst du auch mal raus."

Neun - hat Sybille gezählt, das ist für die kurze Zeit rekordverdächtig. Am Montag waren's sieben und vorgestern sechs. Sie ballt die Faust in der Manteltasche, kneift die Lippen zusammen. Man ist beim Peh und Zeh angekommen.

Karin steht vor dem Spiegel, dreht sich, betrachtet sich, von links, von rechts. „Ich schau' mich schon mal um, Sybille. Bei den neuen Farben. Du könntest eine Verkäuferin für mich besorgen. Am

Anfang der Saison ist alles recht teuer, da willst du doch eh nichts kaufen, oder? "

Zehn - zehn Unverschämtheiten sind selbst für Sybille zu viel. Während sie zur Information dackelt, nimmt ihre Gegenoffensive erste Gestalt an. Sie wird zehn Mal zurückschlagen. Es sei denn, Karin bietet Unterwerfung an. Dann könnte man es bei einem Scharmützel belassen und die Schlacht vermeiden.

Sybille startet unterschwellig. „Momentan sind keine Verkäuferinnen frei. Du sollst dich schon mal selbst umsehen, bei Gelegenheit schaut eine vorbei."
„Eine Unverschämtheit, einen Stammkunden so zu behandeln! Egal. Was hältst du von diesem schwarzen Leinenblazer?"
„Britta sagt immer, Schwarz steht Karin nicht. Schwarz, hat sie gemeint, soll man nur tragen, wenn man ein Frühlingstyp mit einer reinen, pfirsichzarten Haut ist."
„Wen interessiert schon, was diese Britta sagt? Schau mal, dieser marineblaue, den könnte ich mir gut mit meinen roten Sachen vorstellen."
„Ich würde eher verwaschene Farben bevorzugen, Karin. So platinblond, wie du die Haare jetzt hast, kannst du gar nichts anderes mehr tragen."
„Was willst du damit sagen? Gefallen dir meine Haare etwa nicht?"
„Doch, doch, natürlich, zu deiner Haut passt die neue Farbe wunderbar. Ich hab' gelesen, wenn man ein Sommertyp mit bläulichem Hautunterton ist, soll man die Haare sogar platinblond färben, da fällt die

Bläue nicht so auf."
„Also, ehrlich, Sybille, was ist heute mit dir los, so kenne ich dich gar nicht."
„Ach, Karin, kennt man sich denn überhaupt, auch wenn man noch so lange zusammen ist. Dein Dieter, Gott-hab-ihn-selig, hat immer zu Britta gesagt: „Wenn du Karin kennen würdest, würdest du mich verstehen."
„Sybille, was willst du damit sagen? Warum bringst du Dieter ins Spiel, und was weiß diese blöde Britta von ihm?"
„Ja, weißt du das denn immer noch nicht, wo Dieter schon so lange Jahre tot ist? Na ja, die es betrifft, die wissen es meistens zuletzt."
„Sybille, raus mit der Sprache. Was hast du, meine beste Freundin, mir verschwiegen?"
„Ja, Karin, weil ich deine beste Freundin bin, habe ich es doch verschwiegen. Damit du dich nicht aufregst, dich nicht zu Tode grämst."

Mittlerweile changiert Karins Hautfarbe zwischen blau- und tomatenrot.
Acht. Sybille hat acht Schläge retourniert, zwei fehlen noch bis zum Break- Even-Point. Sie holt einen Hocker aus einer Umkleidekabine, rät: „Karin, ich würde mich erst einmal setzen." Karins Hautfarbe wechselt zu asch-weiß.
„Dein Dieter, ich kann's dir ja jetzt verraten, der war doch mit der Britta zusammen, über viele Jahre. Weil du ihm zu alt warst. Aber wegen deinem Geld, da ist er halt bei dir geblieben."
Nach Nummer zehn sinkt Karin auf dem Hocker zusammen. Auf den Wangen zeigt sich ein Farbenspiel

aus rot-bläulichen Flecken, um Nase und Mund leuchtet es weiß, asch-weiß. Sie sinkt auf den herbstlich grau-braunen Teppichboden.

    Sybille nimmt sie bei den Schultern, richtet sie auf, stützt sie und beruhigt:

„Liebes, ich bring' dich nachhause, wofür hat man denn eine beste Freundin?"

Gerechtigkeit

Ich war gestern im Zoo.
   Ich gehe so gern ins Affenhaus, zu den Menschenaffen.

Man kann sie durch die Glasscheibe sehr gut beobachten. Ich verstehe nur nicht, warum die einem immer den Rücken zudrehen. Ich hätte gerne mal an die Scheibe geklopft. Aber das darf man ja nicht. Die kleinen Schimpansen, die sind auf den Geräten herumgetollt. Aber die älteren, irgendwie kamen die mir so still, fast depressiv vor. Warum nehmen die denn auch keinen Kontakt mit einem auf, da hätten sie doch etwas Abwechslung in ihrem viereckigen Glaskasten.

Die sind uns ja sehr ähnlich, die Schimpansen. 99 Prozent, habe ich gelesen. Warum sitzen die dann im Glaskasten, können nicht sprechen und ich, der ich nur ein Prozent was anderes in mir habe, darf sie begucken?

Das ist irgendwie ungerecht.

In der Evolution gibt's noch andere Ungerechtigkeiten.

Schlägt da so ein Eisenstein vor 65 Millionen Jahren zufällig in Mexiko ein, und patsch, ist die ganze schöne Entwicklung von den Riesensauriern zum Teufel. Wenn die noch 65 Millionen Jahre sich hätten fortbilden können, was wäre wohl aus denen für ein tolles Volk geworden. Und so groß wie die waren, wären die auch besser mit den Aliens fertig geworden, wenn die irgendwann mal zu uns kommen.

Was die Außerirdischen wohl mit uns machen werden?

Die haben sicher weniger als 99 Prozent mit uns gemeinsam.

Ich
bin so frei

Sie hatte keine Lust, für sich zu kochen.

Ein Cappuccino, mit Milch, würde reichen. Sie schlug den Kragen des Poloshirts unter der Jeansjacke hoch, prüfte die Wirkung im Spiegel, verwarf ihr Bild und steckte den Kragen wieder unter die Jacke. Sie fuhr noch einmal durch ihre kurzen Haare, berührte leicht den Badezimmerdimmer und machte sich auf den Weg.

Sie fuhr etwas zusammen, als Telefonklingeln in der unteren Etage die Stille beendete.

Laura, aus Amerika.

„Mama, geht es dir auch wirklich gut?

Der Vertrag ist so günstig, ich habe noch einmal auf zwei Jahre abgeschlossen, das ist einfach eine so große Chance, da muss ich ja sagen.

Na ja, ob die mich zu Weihnachten fahren lassen, muss ich erst mal sehen.

Ich weiß, dass ich mir darüber keine Gedanken machen soll.

Ich denke immer daran, an das eigene Standing, wie du es nennst.

Tschüs, Mama, ich hab' dich lieb."

Sie fuhr mit dem Handrücken kurz über die Augen, schaute sich im Garderobenspiegel an, übte ein überzeugendes Lächeln, nickte sich zu und ging in die Garage.

Alle Bewegungen verliefen automatisiert – das Starten des Autos, der Blick in den Rückspiegel, das Öffnen und Herunterlassen des Garagentors, die Fahrt in ihr Lieblingscafé.

Das Wiener Kaffeehaus, sterbenskranker Charme, Plüschsessel, künstliche weiße Lilien, gedämpftes Licht.

Die Kellnerin, eine Schönheit. Kohlenaugen, lange glänzende Haare, ein makelloser Teint. Die Frage „Was darf ich denn bringen, gnädige Frau?" schien nicht recht zu passen.

„Einen Cappuccino, mit Milch bitte!"

Das Café war mittelmäßig besucht, einige Tische noch frei. Wohl meistens Kurgäste, ältere Semester. Als sich die Tür öffnete, verspürte sie einen kalten Zug. Ein älterer Herr schaute kurz zu ihr herüber, ging dann zur Kuchentheke, wählte etwas aus und kam zu ihrem Tisch.

„Darf ich so frei sein, mich zu Ihnen zu setzen?"

Der Alte lächelte sie an und deutete mit den Füßen ein militärisches Hackenschlagen an. Unwillkürlich musste sie an Loriot denken, wie er, weißhaarig und offensichtlich hochgradig brünftig, in einem italienischen Hotel hinter Evelyn Hamann herrennt, die in Abständen von fünfzehn Sekunden spitze Schreie ausstößt, deren Beweggrund Vorfreude oder Verzweiflung sein mögen. Fast wäre sie bei diesen Gedanken in Gelächter ausgebrochen.

Der alte Herr schien ihre Amüsiertheit zu missdeuten, denn mit einem vielversprechenden Blick und einem fast gehauchten „Ich bin dann mal so frei!" setzte er sich auf den Plüschsessel gegenüber.

Sie führte die Cappuccino- Tasse zum Mund. In deren Schutz betrachtete sie seine kurzen, dicken Finger, seinen Siegelring an der rechten Hand, seinen dunkelblauen Daniel Hechter-Blazer, der an den Ärmeln schon etwas abgestoßen schien. Bildete sie sich nur ein, dass er nach Mottenkugeln roch?

„Hi. Ist hier noch frei?
Mensch, das reimt sich!"

Er hatte sich hingesetzt, auf den roten Plüschsessel ihr gegenüber, in dem Café, in dem die Abiturienten heimlich ihre Zigaretten rauchten, was zuhause streng verboten war. Hatte sie durchdringend angesehen, nicht weggeschaut, als sie seinen Blick erwiderte. Seine Hände. Lange Finger. Hände eines Klugen, hatte sie gedacht. Und die für sein Alter erstaunlich tiefe Stimme hatte ihr gefallen. Lustig und klug war er immer geblieben. Wie er ihr die hirnverbrannte Wirtschaftstheorie erklärt hatte, mit Hilfe derer man alle menschlichen Kommunikationen und Gefühle in Egoismus-Einheiten quantifizieren kann. Seine witzigen Spitznamen, Dummschäfchen, Lämmchen. Mit ihm hatte es immer etwas zu lachen gegeben.

Nicht auch noch Abba, dachte sie, als sie die Hintergrundmusik wahrnahm. „ ... the winner takes it all, the loser standing small" und kurz darauf „ ...the winner takes it all, the loser has to fall."

Auch der Herr ihr gegenüber schien von der Musik berührt worden zu sein.

„ Sind Sie zur Kur hier, gnädige Frau? Ach, Sie wohnen hier? Ich muss gestehen, ich könnte mir einen Lebensabend hier in der Gegend gut vorstellen."

Er lächelte dabei bedeutungsvoll und sie vernahm das Scharren seiner Füße unter dem Tisch.

„Oh Gott, ich spiele in einer anderen Liga, Opa", hätte sie ihm gern gesagt, aber natürlich schwieg sie und nickte ihm bestätigend zu.

Sie winkte der Kellnerin, zahlte. Sie überhörte das „Vielleicht sieht man sich mal wieder!" und eilte zum Ausgang.

Im Auto wischte sie mit dem Handrücken kurz über die Augen, sah die schmale weiße Linie auf ihrem Ringfinger. Die Linie würde bald verschwunden sein.

Alles geschah automatisch – das Starten des Autos, der Blick in den Rückspiegel, die Fahrt in die Garage, das Verschließen des Tores.

Sie stieg die Treppe des Hauses hinauf, schaltete im Badezimmer das Licht an und betrachtete sich in der schonungslosen Helligkeit.

Das hatte er wahrgenommen, das nahmen andere wahr, das war sie.

„Schatzilein, dein Funfaktor hat sich erheblich vermindert."

Der Spiegel zeigte ihre Gegenwart. Und ihre Zukunft.

Sie stieg die Treppe wieder hinunter.

Aus ihrer Handtasche auf der Flurkommode entnahm sie sein Foto, riss es in Fetzen.

Seine Reste verbrannte sie im Wohnzimmer im Kamin.

„Ich bin so frei", flüsterte sie.

Urlaub?

Mit Verlaub, ich hasse Urlaub.
Meine Tochter, meine Schwester, meine Freundin, mein Klavier, meinen Computer, meine Katze, mein Bett, meine Küche, mein Auto. Das muss ich alles zuhause lassen. Und was kann ich mitnehmen?
Meinen Mann! Aber den habe ich ja auch zuhause.

Also, ich hasse Urlaub.
Schon das Wort ist mir unsympathisch.
Ein zusammengesetztes Nomen aus Ur und Laub.
Welche Assoziationen hat man da?
Ich denke an etwas aus der Urzeit, etwas völlig Überholtes, das man heute gar nicht mehr braucht.
Und Laub? Da werden doch Gedanken an Blätter im Herbst und Kalk, der rieselt, wach.
Urlaub ist etwas völlig Überholtes für alte Leute.

Mein Mann, ja der, der liebt den Urlaub!
Das ist schwierig.
Zuhause ist es leicht.
Nämlich, der Biorhythmus.
Ich bin morgens um halb fünf wach und sowohl bester Laune als auch voller Tatendrang. Und da bei

mir der Tatendrang vor allem durch Reden gestillt werden muss, stehe ich dann auf und rede mit mir selbst. Das macht übrigens viel Spaß. Ich rede auch immer im Supermarkt mit mir selbst, da haben mich schon etliche Leute dabei erwischt.

Im Hotelzimmer geht das aber nicht. Da liege ich dann und würde gerne reden und mein Mann dreht sich um halb acht! noch mal auf die andere Seite, um bis acht! zu schlafen. Fürchterlich.

Früher, da hat er im Urlaub immer bis um neun Uhr geschlafen. Das war am fürchterlichsten.
Aber in den letzten Jahren suche ich oft die Reisen aus, und da achte ich immer darauf, dass das Frühstücksbüffet im Hotel früh geschlossen wird und wir deshalb früh essen gehen müssen.
Oder wir machen eine Rundreise, bei der wir jeden Morgen um halb sieben geweckt werden.
Wenn wir von morgens bis abends so von einem Ort zum anderen hasten, da bin ich zufrieden, mein Tatendrang ist gestillt und mein Mann fragt mich dann sogar manchmal:
„Warum sagst du denn gar nichts?"

Das mit dem Überholten. Das sollte ich wohl noch erläutern.
Also, früher, da hatten die Leute ja keine schönen Wohnungen, wohnten zuhause sozusagen in einer Kartoffelkiste. Da lag es doch nah, in Urlaub zu fahren. Da wohnte man zwar auch meistens in einer Kartoffelkiste, aber einer anderen.

Ja, und heute?

Das ist so:

Die reichen Leute wohnen sowieso edel. Die brauchen gar nicht in Urlaub zu fahren, weil sie es so schön haben.

Und dann die armen Leute: Wenn sie nicht ganz und gar arm sind, kaufen sie bei dem alten Schweden, machen alles selbst oder schwarz, und dann haben sie's fast so schön wie die reichen Leute. Da brauchen sie auch nicht in Urlaub zu fahren.

Wirklich ganz, ganz arme Leute kenne ich nicht, aber ich nehme an, die können nicht in Urlaub fahren, so dass sich die Fragestellung erübrigt!

Summa summarum:

Urlaub ist etwas völlig Überholtes und Überflüssiges für alte Leute, Arme wie Reiche, eben für jeden.

Deshalb hasse ich Urlaub.

Aber das erklären Sie mal meinem Mann!

Im Licht betrachtet

Die Deckenbeleuchtung ist grell.

Je höher die Wattzahl, desto größer die Wahrheit.

So schön ist Ulrike gar nicht gewesen. An der Stirn zwei querlaufende, tiefe Falten. Die Wangenkonturen leicht abgesackt. Über dem Mund senkrechte Linien. Und die Blässe steht ihr auch nicht.

„… erinnern Sie sich?", fragt der Mann. Er trägt keine Uniform.

Viele Erinnerungen hat sie. Wie sie und Ulrike mit Mama spazieren gehen. Ulrike darf Mamas Hand halten. „Fass deine Schwester an", sagt Mama, „die Handtasche ist so schwer." Wie Mama der Oma Ulrikes besseres Zeugnis erklärt hat. „Ulrike ist als erste geboren, die sind immer stärker."

Und später. „Auf deine Zwillingsschwester kannst du stolz sein." Das hat Thomas zu ihr gesagt. Und dann hat er Ulrike in den Arm genommen. Nicht eins seiner Komplimente für die Schwester hat sie vergessen. Und wie laut sie gelacht haben.

Als man sie in die Klinik gebracht hatte, als Thomas allein zuhause war, da hat Ulrike ihn besucht.

Die beiden haben ihr nichts vormachen können.

„…gestern Morgen?", will der Mann von ihr wissen. Kriminalpolizisten tragen keine Uniform.
Gestern. Gestern, sie und Thomas, ganz allein. Spazieren gehen, Küsse, Kuscheln, Zärtlichkeit. Jeder Tag ist schön gewesen. Bis sich Ulrike wieder eingemischt hat. „Bei dreien ist einer immer über", hat die Oma gesagt.
Morgen? Darüber wird sie jetzt nicht nachdenken.

Der Polizist steht auf.
„Wir werden morgen weitermachen. Draußen wartet Ihr Mann. Kommen Sie!"
Der Gang, neonhell. Thomas hat einen kleinen Koffer in der Hand.
„Ich habe dir etwas zusammengepackt. Was fürs erste nötig ist", sagt er.
Hinter ihm steht eine junge Frau. Sie sieht gut aus.

„Nein, Thomas", sagt sie und nimmt ihm den Koffer aus der Hand. „Es ist nicht nötig gewesen."

Die dumme Kuh und die freche Ziege

Es ist schon ein paar Jahre her, da lebten in einem kleinen Städtchen in Württemberg eine Kuh und eine Ziege.

Beide waren sie am gleichen Tag geboren, sie waren gleich klug, gleich dumm, sie hatten genug zu essen und einen trockenen Platz zum Schlafen im Stall.

Jeden Morgen kam der Bauer, um die Arbeit des Tages zu verteilen. Die Wagen mussten gezogen werden, das Heu gehörte gestampft oder die Tiere mussten auf der Tenne die Getreidekörner aus den Ähren treten.

Die Kuh war willig. Sie nickte mit ihrem großen Kuhkopf, blickte dem Bauer treuherzig in die Augen, nahm alle Kraft zusammen und verrichtete ihre Arbeit, von früh bis spät. Die Ziege aber meckerte, sobald der Bauer ihr auch nur die kleinste Aufgabe übertrug.

Da wurde es der Bauer müde und die Ziege hatte fortan ihre Ruhe.

Kam die Kuh abends verschwitzt und verschmutzt zum Stall zurück, lag dort schon die weiße Ziege. Frisch gewaschen und gebürstet, erschien sie manchen der Tiere als etwas Besseres.

Als der Winter kam, wurde das Futter knapp.

Und als der Wagen vor der Stalltür hielt, wusste die dumme Kuh, dass es keine Gerechtigkeit gibt.

Aber einsteigen musste die freche Ziege auch.

Heini

Ich kenne ihn schon ziemlich lange. Als er mir vor zehn Jahren vorgestellt wurde, war er gerade dabei, seine Offizierslaufbahn in der Armee zu beenden. Er sah blendend aus. „Ein schmucker Mann", hätte meine Mutter gesagt.

„Darf ich Ihnen Herrn von Zabern vorstellen, Heinrich von Zabern."

Heinrichs Uniform vollendete seinen Anblick. Eine beneidenswert schlanke Silhouette, einer von den Männern, die auch im fortgeschrittenen Alter schlank bleiben. Der dunkle Schnauz gab ihm etwas Abenteuerliches, Verwegenes. Das volle graue Haar unterstrich seine Aura von Erfahrung und Überblick.

Wir trafen uns an jenem Abend bei einem Geburtstagsfest. Ich hatte die Gastgeber bei meinem Sprachkurs kennengelernt, deshalb hatte man mich eingeladen.

„Unsere Italienischlehrerin, Heinrich", führte mich die Dame des Hauses ein.

Heinrich von Zabern gesellte sich zu mir, wir kamen ins Plaudern über Musik, stellten unsere gemeinsame Liebe zum Klavierspiel und dem Gesang fest und sprachen kräftig dem Bordeaux zu. Je länger der Abend voranschritt und je tiefer wir ins Glas geschaut hatten, umso tiefer wurden auch unsere Blicke und umso länger die verstohlenen Berührungen an Schulter und Händen. Als es auf Mitternacht zuging, begannen alle Gäste wie auf Kommando rhythmisch zu klatschen, gefolgt von „Heinrich, singen, Heinrich, singen!"

Mit sicherer Geste gebot die Gastgeberin den Anwesenden, still zu werden, dann sagte sie:

„Heinrich, mach' mir die Freude und sing' mich wieder in mein nächstes Jahr!"

Hätte man mich gebeten, ich hätte mich wohl gewunden. Heinrich hatte das Ansinnen erwartet. Die schmachtenden Blicke der anwesenden, schon etwas angejahrten Damen schienen ihn zu beflügeln. Gekonnt spielte er seine Rolle des angehimmelten Charmeurs. Er streckte sich, ging aufrecht wie ein Gardist zum Klavier, verbeugte sich tief nach allen Seiten und nahm Platz.

Nun ja, sein Klavierspiel war mittelmäßig, auch für meine Begriffe, der ich ebenfalls kein Virtuose bin. Ich hätte ihm empfehlen mögen, dann und wann das Pedal loszulassen, so aber legten sich alle Töne des Albumblatts „Für Elise" übereinander, was dem ohnehin ausgenudelten und jedermann bestens bekannten Stück nicht unbedingt gut tut. Aber da ich zwischenzeitlich von meiner Sofanachbarin aufgeklärt worden war, dass Heinrich dieses Stück immer spiele, weil die Hausherrin doch Elisabeth heiße, konnte man zugeben, dass der Musikbeitrag durchaus mit Bedacht und beziehungsreich ausgesucht worden war. Die Freude der Gastgeberin war offensichtlich, ihr Kopf bewegte sich à tempo. Als aus dem Foyer die Standuhr den ersten Glockenschlag sendete, erhoben sich alle, und Heinrich begleitete „Zum Geburtstag viel Glück", was mehrmals wiederholt wurde.

Genügend gewürdigt, gebot die durch Körpergröße und -fülle beeindruckende Gastgeberin mit bekanntem Gestus Ruhe, formulierte einige Dankesworte an die verehrten Gäste, adressierte den lieben Heinrich und küsste ihn sacht auf die Wange für die große, große Freude, die er wieder mit seiner wunderbaren Musik gestiftet habe. Nun wolle man das neue Lebensjahr mit der Leichtigkeit Italiens beginnen lassen.

Alles klatschte erneut rhythmisch, besonders intensiv die Damen, Heinrich stellte sich nach ausreichend Zieren in Positur, die Hausherrin nahm am Klavier Platz. Es würden nun einige Lieder zum Besten gegeben. Wer sich traue, dürfe getrost auch mitsingen.

„Ein schicker Mann, der Heinrich, nicht?", sagte meine Sofanachbarin. „Bei dem könnte ich ins Träumen kommen, aber der ist ja wie alle guten Männer besetzt." Hatte ich richtig gehört? Heinrich von Zabern trug doch keinen Ehering. Gut, den hatten andere Männer vor ihm auch schon spontan in der Hosentasche verschwinden lassen. „Wo sitzt denn seine Gattin?", fragte ich zurück. „Hannelore ist nicht mitgekommen, die Arme ist schon seit Längerem krank. Er soll sich aber sonst liebevoll um sie kümmern, habe ich gehört."

Der Genuss von „O sole mio" war mir nun etwas vergällt, obwohl Heinrich durchaus stimmgewaltig schmetterte. Ich harrte bis zum Ende der Darbietung aus, verdrückte mich französisch und überließ Heinrich den schon wartenden Damen.

Wenn auch unser Kontakt aufgrund vorhandener Familiensituation eine jähe Veränderung erfahren hatte, blieben wir in den Folgejahren dennoch weiter bekannt.

Im nächsten Semester kam Elisabeth – im Kurs sprechen wir uns mit Vornamen an – allein. Ich wollte nicht indiskret sein, ich fragte nicht. In der vierten Woche berichtete sie unaufgefordert. Sie und ihr Mann hätten sich im gegenseitigen Einvernehmen wegen unterschiedlicher Auffassungen getrennt. Ich hätte gern einen Scherz gemacht und nach Namen und Alter der unterschiedlichen Auffassungen gefragt, verkniff es mir aber. Elisabeth ist ja sozusagen eine Kundin von mir. Sie lud mich im nächsten Atemzug zu ihrer jährlich stattfindenden Soirée ein, Heinrich werde auch da sein und Trinklieder zum Besten geben. Sie gab mir ihre Adresse, sie war also umgezogen.

Am nächsten Freitag machte ich mich auf den Weg. Die Straße, in der sie nun wohnte, war ordentlich, aber nicht zauberhaft. Auch der Wohnblock sah gewöhnlich aus. Großzügigkeit eines verflossenen Ehemannes sieht für mich anders aus.

Elisabeth die Große ließ mich in ihren kleinen Flur ein, etwa drei Quadratmeter bebaute Fläche. Die Standuhr hatte sie mitgenommen, die füllte die Hälfte des vorhandenen Raumes aus. Im Wohnzimmer saßen auf dem mir vertrauten Sofa drei Damen, unter anderem auch die Sofanachbarin vom Geburtstag. Ich quetschte mich neben sie.

Ich beugte mich zu ihr und flüsterte ihr ins Ohr: „Ist denn heute Herrn von Zaberns Frau Hannelore mitgekommen?" Die Angesprochene antwortete laut. „Nein, Hannelore ist immer noch krank, aber Heini kümmert sich ja sonst um sie."

Hatte ich richtig gehört? Sie nannte Herrn von Zabern Heini?

Elisabeth musste meine Gedanken erahnt haben. Sie blickte die Sprecherin strafend an, bat
H e i n r i c h, sich für die Gesangsdarbietung, die vor dem kleinen Essen stattfinden solle, vorzubereiten, begrüßte die nun vier Gäste sehr herzlich und nahm auf dem Klavierstuhl Platz. Zugegeben, Heinrich machte immer noch einen schmucken Eindruck, auch ohne Uniform, aber der Zauber war verflogen, den ich beim ersten Mal empfunden hatte. Ich war allerdings auch im Stande völliger Nüchternheit, denn Wein oder gar Sekt zur Begrüßung hatte es nicht gegeben. Klavierspiel und Gesang liefen wie gewohnt ab, man hatte die Zeit nicht zur fortschreitenden Perfektionierung genutzt.

Auch deshalb ließ ich in der Folge einige der jährlichen Soiréen aus.

Als es nicht mehr zu vermeiden war, Elisabeth besuchte nach wie vor meinen Kurs, nahm ich die Teilnahme an den Abendfesten wieder auf.

Auf meinem Weg zu Elisabeths Wohnung vertrieb ich mir, wie immer, wenn ich nichts anderes zu tun habe, die Zeit mit Aphorismen, Sprichwörtern und

Redensarten. Meine Mutter hat das auch immer getan. Ich gehe dann das Alphabet durch und teste, wie viele Sprüche mir zu dem jeweiligen Buchstaben einfallen. Im Laufe der Jahre bin ich ganz gut darin geworden. Als ich bei ‚h' angekommen war, stand ich vor der Tür.

„Heinrich, mir graut vor dir!", bewahrheitete sich nicht. Heinrich war immer noch schlank, sein graues Haar immer noch voll und sein Schnauz immer noch dran. Ob er noch singen konnte, diese Probe aufs Exempel stand uns noch bevor.

Elisabeth begrüßte uns, sie erhob auf die wieder vier Gäste das leere Glas – Wein würde es erst nach der Darbietung geben, man solle dem Kunstgenuss alle mögliche Aufmerksamkeit schenken können.

„H e i n r i c h, kommst du dann bitte?" Elisabeth nahm auf dem Klavierhocker Platz. Ich hatte schon einige Momente auf Heinrich geschaut. Von der Gardisten-Haltung unserer ersten Begegnung war nicht viel übrig geblieben. Die Beine waren merkwürdig eingeknickt, der Rücken gerundet, der Kopf schien einige Zentimeter in den Hals versunken zu sein. Meine Mutter hätte „Der steht da wie ein Schluck Wasser" gesagt. Nach Elisabeths Aufforderung murmelte er etwas von ‚man möge ihn einen Moment entschuldigen, er sei gleich bereit'. Er verschwand in der Toilette.

Manchmal ist mir mein Sprüchespiel unangenehm. Ich musste nämlich sofort an den ‚flotten Heinrich' denken, dem unser Heinrich momentan in der Toilette zum Opfer fiel. Und das war nicht nur lustig, sondern auch lästig für mich. Bei vier Gästen kann man sich lautes Lachen nicht leisten. So schaute ich unter mich und verkniff mir mit Mühe meine Heiterkeit. Als Heinrich wieder aufgetaucht war und sich nun doch in Positur stellte, informierte uns Elisabeth über das heutige Musikprogramm: Wanderlieder. Heinrich wollte aber auch noch etwas sagen. „Ich gebe euch heute den Wanderburschen. Zugegeben, ein Wanderbursch trägt keine Hose mit Bügelfalten. Das ist nicht authentisch."

Klar, dachte ich, sonst stimmt ja alles, vor allem Alter und Aussehen. Ich schaute wieder unter mich. Die folgenden Lieder, deren Vortrag mir die Redensart vom ‚müden Heinrich' in den Kopf schießen ließ, führten den Sänger Gott-sei-Dank nur selten in die Höhe oder Tiefe. Vom Text blieben mir einige Wortfetzen in Erinnerung: Feins Madl, schmucker Bub und die Wanderschaft.

Beim Adieu an der Tür fielen mir Heinrichs graumelierte Wollpantoffeln ins Auge.

Die Heini-Sagerin war mitgekommen.

Auf der Treppe bemerkte sie: „Was war der doch mal für ein schmucker Mann. Aber Elisabeth ist mit diesem Heini anscheinend zufrieden."

Armer Heinrich!, dachte ich, als ich die Straße zu meinem Auto entlang wanderte.

Besuch bei der alten Dame

Im Wohnraum an den Wänden links und rechts der Tür gibt es deckenhohe Fenster. Die schweren dunklen Vorhänge dort sind zugezogen. Das Licht ist gedämpft.

Im Raum ist es trotz des spätsommerlichen Wetters draußen angenehm kühl. Am großen Fenster an der Stirnseite des Raumes sind die Vorhänge zurückgezogen. Eine tiefstehende Abendsonne erhellt den Raum hier etwas mehr.

Im Fensterrahmen zeichnet sich ein Körper ab. Man sieht eine Person in einem Schaukelstuhl sitzen und nach draußen schauen.

Im Garten vor dem Haus ist es still. Kein Vogelgezwitscher, kein Blätterrauschen. Ebenso still ist der Raum.

Die Tür öffnet sich.

Ein Mann tritt ein, geht zur Person im Schaukelstuhl und tritt hinter sie. Er wartet eine Weile, schweigt.

Er beginnt zu sprechen.

„Sie haben sich geweigert."

Der Mann dreht den Stuhl herum, so dass die Person ihm ins Gesicht blicken muss.

„ Sie sind uns bekannt.
Frau K.
Mein Ausweis, ich zeige Ihnen meinen Ausweis. Ich bin also der Beamte B. Ich habe Ihre Akte bekommen, ich bin jetzt in der Behörde für Sie verantwortlich. Da Sie keine Stimme haben, heben Sie die Hand, wenn Sie widersprechen wollen."

Er greift nach dem Arm der Frau, hebt ihn an der Hand hoch, lässt den Arm einen Moment auf seinem höchsten Punkt ruhen.

„So also."

Er lässt den Arm los, der Arm fällt herunter, bleibt auf der Lehne des Schaukelstuhls liegen.
Der Beamte entnimmt seiner mitgebrachten Aktentasche einen Ordner. Er holt einen Hocker herbei, nimmt Platz.
Er beginnt aus dem Ordner vorzulesen.

„Zu Ihrer Person.
Weiblich, geboren 1980.
Hier in diesem Haus, Eigentum Ihres Vaters. In den beiden letzten Kriegen nicht zerstört. Seit 1980 haben Sie hier gewohnt.
An Ihrem fünfundsechzigsten Geburtstag vor vier Wochen hat Ihnen die Behörde eine Nachricht zukommen lassen.

Die den viel zu üppigen Wohnraum zum Gegenstand der Belehrung hatte.

Fünf Quadratmeter maximal bei Erreichen der Altersgrenze.

Die Behörde hat Sie erinnert, an unser aller Fundamente: Altersgerechtigkeit, Brüderlichkeit, und Freiheit, durch Befreiung von unnützem Eigentum also.

Sie – jedoch - haben sich trotz schriftlicher Belehrung nicht mit der Zustimmung an uns gewandt, so dass ich Sie jetzt in Ihrem Heim besuchen musste."

Er legt eine Pause ein.
Die Frau bewegt ihren Zeigefinger.
Der Beamte fährt, als sich nichts weiter bewegt, fort.

„Ressourcen.

Mein Heimbesuch bindet Ressourcen. Man hätte sie anderweitig einsetzen können.

Die Behörde war nicht erfreut.

Dass Sie sich nun also geweigert hatten.

Man macht sich deshalb die Mühe, Sie heute persönlich aufzuklären und die Unberechtigung Ihrer Position Ihnen deutlich zu machen.

Wenn Sie nun nicht widersprechen, ein anderes Heim für Sie zu suchen."

Der Beamte legt eine Pause ein.
Der Zeigefinger der Frau bewegt sich.
Der Beamte fährt, als sich nichts weiter bewegt, fort.

„Ich freue mich, dass die Aufklärung nicht zum Widerspruch geführt hat.

So sucht man Ihnen jetzt ein Heim, ein adäquates, ein gerechtes.

Man schließt nun Ihre Akte mit Ihrer Zustimmung, sehen Sie."

Er schließt ihre Akte.

„Die Behörde wird erfreut sein."

Der Mann dreht die Frau wieder zum Fenster.
Er schließt die Vorhänge.
Im Raum wird es stockdunkel.
Er hebt sie aus dem Schaukelstuhl.

„ Man braucht sie nicht mehr.
Schaukelstühle, Unnützes. In Ihrem neuen Heim."

Der Beamte verlässt mit seinem Bündel den Raum.
Er tritt mit dem Fuß gegen die Tür, sie fällt ins Schloss.
Der Schaukelstuhl steht leer und verwaist.
Man hat Platz gemacht.

Le Soleil

21. **Juni 2008**
Habe ihn heute vorgestellt.
Dass ich mir einen Historiker geangelt hab', hat Mama und Papa wohl ein bisschen stolz gemacht.

Olivier hat über sein Fachgebiet berichtet, die Azteken und ihren blutrünstigen Sonnenkult.

Die beiden konnten gar nicht genug fragen, so interessant fanden sie alles.

9. Juli 2023
Fünfzehn Jahre habe ich nichts ins Tagebuch geschrieben. Ich hatte meinen vertrauten Freund fast vergessen.

An Mamas Gesicht kann ich mich noch erinnern.

17. Juli
Diese schreckliche Dunkelheit! Ich habe alle Lampen im Arbeitszimmer angemacht, und es ist elf Uhr morgens.

Im Moment ist keine Stromsperre.

23. Juli
Die Azteken haben vor den Menschenopfern berauschende Pilze gegessen. Hier gibt es jetzt durch den vielen Regen ähnliche Pilze.

Zwei von Oliviers Kollegen im Institut wollen im Selbstversuch die Wirkung testen. Die Hippies damals, die sind davon auch krank geworden. Olivier wäre nicht so dumm, da bin ich mir sicher.

Am Wochenende wollen wir spazieren gehen, egal, wie es draußen aussieht.

26. Juli
Wir sind doch nicht spazieren gegangen.

Der Regen hat im Garten hinter dem Haus einen Erdrutsch verursacht, da mussten wir das ganze Wochenende Schlamm beiseiteschaffen. Olivier hat versucht, den Hang mit der Schaufel etwas zu verfestigen, aber der Berg fängt schon wieder an zu rutschen.

In drei Wochen soll es weniger regnen und auch die Sonne durchkommen.

Im Supermarkt hat es heute kein Obst mehr gegeben.

Der Biologe aus dem Nachbarhaus, sagt, dass es an den Bienen liegt. Die sterben wegen der Kälte aus und bestäuben nichts mehr.

In letzter Zeit redet Olivier wenig, und aggressiv ist er manchmal.

29. Juli
Der Pfarrer aus der Wilhelmsgemeinde hat keine Angst wegen der Sonne.

„Ich vertraue auf meinen Gott", hat er gesagt.

Frau Martin aus der Sparkasse hat mir erzählt, dass Bekannte von ihr jeden Sonntag rausfahren und an irgend so einem Berghang mit anderen Leuten zur Sonne beten.

„Das wird's bringen", hab' ich zu ihr gesagt, und wir haben gelacht.

31. Juli
Mit Olivier kann ich kaum noch lachen.

Er kommt immer schlecht gelaunt nachhause, hat keinen Hunger und vergräbt sich mit seinen Büchern im Arbeitszimmer.

2. August
Man kann kein Heizöl mehr kaufen. Das Haus ist kalt.

4. August
Ich habe in Oliviers Büchern gelesen, die markierten Stellen.

Wie sie den Opfern das Herz herausgeschnitten haben, und die Priester haben sich mit dem Blut beschmiert und sogar von den Opfern gegessen!

7. August
Tina ist depressiv. Wir haben lange telefoniert.
Es ist so kalt, so düster, und der Regen.

10. August
In Kürze soll sich die Wetterlage bessern.

Frau Martin hat mich eingeladen, mit ihren Bekannten am Sonntag rauszufahren.

„Die Sonne kommt durch, wenn genug Leute an diesem Berghang beten", hat sie gesagt.

Ich konnte nicht mehr lachen.

12. August
Der Hang hinter dem Haus ist abgerutscht.
Vor den Fenstern türmt sich der Schlamm.
Olivier kommt abends immer später nachhause und schläft kaum noch.

13. August
Olivier starrt mich oft mit seinen dunklen Augen an.
Ich bin traurig.

14. August
Ich hab' den Biologen im Supermarkt getroffen.
Er hat so heimlich getan, immer wieder nach allen Seiten geschaut, als er mir von dem Mädchen erzählt hat.
„Sie haben sie tot an einem Berghang gefunden, der Brustkorb war aufgeschnitten. Da waren bestimmt Drogen im Spiel.
„Die Dunkelheit, die macht die Menschen verrückt", hat er gesagt.

15. August
Olivier ist heute nicht ins Institut gegangen.
Er hat sich in seinem Arbeitszimmer eingeschlossen.
Ich habe Angst.

Am **24. Januar 2043** findet ein Vermessungsteam aus der neugegründeten Hauptstadt im Planquadrat A ein Skelett, vermutlich weiblich, in Rückenlage.

Sechs Brustrippen sind gebrochen.

Die unteren vier weisen Zeichen äußerer Gewalteinwirkung, ausgeführt mit einem spitzen Gegenstand, auf.

Sie sind auseinandergebogen.

Neben den Knochen liegt ein in Leder gebundenes Tagebuch.

Ein Garten für niemand

Von einer Terrasse schaut man hinaus in einen Garten.

Der Hang gegenüber ist mit unterschiedlichen Stauden bepflanzt, von denen merkwürdigerweise jetzt im Juli keine blüht. Im unteren Teil recken blassgraublaue Lavendelrispen ihre Arme hoch hinaus, um die trotz der Jahreszeit spärlichen Sonnenstrahlen zu ergreifen. In der Mitte des Gartens befinden sich zwei Teiche. Stetig und perlend murmelt der Springbrunnen in der Mitte des einen, so, als wollte er die auffallende Stille des Gartens durchbrechen. Zwei Goldfische leuchten dann und wann, wenn sie sich kurz zur Wasseroberfläche bewegen. Um die Teiche tanzen ein paar Mücken.

Ein Holzdach überschattet die steinerne Terrasse. Geschwungene Eisenstühle, ein Tisch mit Terrakottamosaik. Jemand hat eine Zeitung vergessen. Sie liegt, ordentlich zusammengefaltet, auf einem der Stühle.

Ein Wind kommt auf, für diese Zeit des Sommers zu böig, schon fast herbstlich. Er bewegt die Stauden, aber er haucht dem Garten kein Leben ein. Selbst das Gurren der Taube, die sich im benachbarten Garten auf einem der Kirschbäume niedergelassen hat, wirkt kalt und fremd.

Nur kurz legt sich der Wind, dann frischt er erneut auf.
Er ergreift die Zeitung und weht sie hinaus in den Garten.
Auf dem Tisch tanzen kleine Wolken von Staub.

Dekaden
stand ich hier.
Erzählte
die Zeit.
Vater, Mutter,
Kinder,
lebten, lachten,
schwatzten.
Verschwanden.
Schweigen.
Stehe hier,
erzähle
die Zeit.

Erzähl Dir Zeit
Band 2

Wenn im Oktober die ersten kalten Nächte den Nebel weggebissen haben, die Sonne flacher von einem blauen, fast wolkenlosen Himmel scheint, entsteht Zauberlicht. Noch einmal wird Lebendiges in Schönheit und Fülle getaucht. Früchte und Blumen leuchten in dramatischem Orange oder geheimnisvollem Lila.

In den Staaten nennt man diese Saison „Indian Summer", für viele Amerikaner die schönste Jahreszeit. Wir in Deutschland benutzen einen weniger poetischen Namen: Altweibersommer. Aber dort wie hier begeistern sich die Menschen für die mystische Schönheit dieser Jahreszeit.

Das Aufbäumen vor dem Alter, das nochmalige Erleben all der Gefühle, die unsere jungen und mittleren Jahre geprägt haben, die Zeichen, die die kommenden Veränderungen andeuten, wenn man lebt, weil man noch nicht tot ist – all dies kennzeichnet das Leben der Figuren in den drei Erzählungen des zweiten Bandes.

Indianischer Sommer
Rose von Dorth
HeShelt